Mi madre es un río

NEFELIBATA

Donatella Di Pietrantonio

Mi madre es un río

Traducción de Montse Triviño

Duomo ediciones
Barcelona, 2023

Título original: *Mia madre è un fiume*

© 2011, Lit Edizioni S.r.l.
   Originalmente publicado por Elliot Edizioni
© de la traducción, 2023 de Montse Triviño
© de esta edición, 2023 por Antonio Vallardi Editore S.u.r.l., Milán

Todos los derechos reservados

Primera edición: septiembre de 2023

Duomo ediciones es un sello de Antonio Vallardi Editore S.u.r.l.
Av. de la Riera de Cassoles, 20. 3.º B. Barcelona, 08012 (España)
www.duomoediciones.com

Gruppo Editoriale Mauri Spagnol S.p.A.
www.maurispagnol.it

ISBN: 978-84-17761-02-8
Código IBIC: FA
DL B 14.372-2023

Composición:
David Pablo

Impresión:
Grafica Veneta S.p.A. di Trebaseleghe (PD)
Impreso en Italia

A Tommaso y Giacomo,
mis dos amores distintos

Algunos días, la enfermedad se come también los sentimientos. Es un cuerpo apático, que emana la ausencia que lo vacía. Ha perdido la capacidad de sentir. Y entonces no sufre, no vive.

Las visitas de control me resultan útiles a mí. Me tranquilizan, no he sido yo quien la ha hecho enfermar y la evolución es lenta. Conserva algunas capacidades, al menos en parte. La acompaño, me ocupo de ella, soy una buena hija.

A estas horas, el paseo marítimo está desierto; me llega el sonido oscuro de las olas y del agua de la resaca, que tritura la arena y las conchas. He aparcado lejos para que podamos pasear juntas un rato. Mi madre camina apartada de mí, pero ha aminorado el paso. La cojo del brazo, la manga de su chaqueta huele al Adriático. En la otra orilla, Fioravante, prisionero, sufría el hambre de una patata hervida al día.

Se relaja, combinamos el paso. Le pregunto si le gusta el olor del mar. Dice que sí, más o menos, pero que ella nació en la montaña y prefiere el perfume de la hierba y de las flores, que nunca se ha tumbado en una playa. Pues te habría ido bien para los huesos, observo. Se ríe, ahora ya es tarde, jamás se pondría un traje de baño. Las luces de los restaurantes nos hacen guiños desde el otro lado de la calle. Le propongo un final sorpresa: vamos a comer pescado en algún sitio. No, mejor que no, nos esperan para cenar. Otro día, prometido.

Te llamas Esperia Viola, pero te llaman Esperina. Como una viola, o violeta, naciste el 25 de marzo de 1942, en una casa situada en la frontera entre los pequeños municipios de Colledara y Tossicia. Era la última vivienda antes de los montes, una piedrecita que había rodado accidentalmente desde el flanco oriental de los montes Abruzos.

Pertenecía a tus abuelos paternos y allí se criaron las familias de sus dos hijos varones.

Fioravante, el mayor, era bajo, de pecho ancho y plano, brazos fuertes y piernas ligeramente arqueadas. Mira las fotos. Un cuerpo macizo, hecho para trabajar la tierra. O tal vez fuera la tierra la que lo hizo así, pues la trabajó desde niño. ¿Tú qué crees?

Era inteligente y apasionado; mira, aquí se le ven los ojos de un negro intenso. De joven tenía la risa fácil. Siempre hablaba de cuando había apuñalado a un vecino ladrón por robarle dos vaquillas gordas de los pastos de verano. Luego, Fioravante se echó al monte durante meses con la esperanza de que aquel hombre no la palmase. Bajaba del bosque cuando ya era noche cerrada; entonces recogía el pan y el queso envueltos en el paño de cocina blanco con una raya azul que su madre dejaba sobre la mesa antes de acostarse. Aspiraba los olores de su hogar y entreabría un instante la puerta de la habitación para asegurarse de que había dos figuras dormidas en una oscuridad que la ventana estrellada volvía imperfecta. Y luego otra vez al monte, con la compañía del mulo, por senderos seguros que solo él conocía.

Fioravante era un hombre impetuoso.

Tú eres hija de su primer permiso militar como soldado, cuando la guerra. Volvió tres veces. Se casó en octubre con Serafina, y en febrero partió al frente. Una vaquilla hermosa, decía de ella para hacerle un cumplido. Alta, esbelta y de carnes firmes, siempre adoptaba una postura recta y elegante, pese a tener que ocuparse de las tareas del campo, de los animales y de la casa. Y, luego, de las niñas. De pequeña había aprendido a llevar sobre la cabeza una canasta con la comida para los parientes que labraban la tierra o segaban lejos de casa. Se desafiaba a sí misma a caminar por el terreno escarpado manteniendo el cesto en equilibrio sin la ayuda de las manos. Con el tiempo, tú también lo hiciste. Y tus hermanas. De vez en cuando teníais un accidente, y entonces os metíais en un buen lío. Serafina contaba que una vez había tropezado y todos los macarrones se le habían caído en la hierba. Los había vuelto a meter en el cesto, sin decir una palabra, y nadie se había dado cuenta.

Solo se encorvó de vieja, pero fue de repente y muchos grados, como si tanto peso en el pasado la hubiera derribado desde la distancia. Se avergonzaba dolorosamente y creo que murió de eso. Sí, claro, no solo de eso. De un conjunto de cosas. Pero encorvarse hirió sustancialmente aquella dignidad suya, siempre tan reservada y protegida y que se reflejaba en su porte.

¿Quieres saber por qué me río? Porque tu madre caminaba como una modelo, pero si tenía que mear en el campo se subía la falda hasta los muslos, se apartaba las bragas a un lado, abría las piernas y andando. De pie, como una yegua. La vi, de verdad que la vi. Ya sé que luego dejó de hacerlo, pero yo la conocí de joven. Con el tiempo lo entendió.

Tras encontrar al reservista Fioravante en su lugar secreto y enviarlo a la guerra, Italia les garantizaba a él y a Serafina, casi analfabetos, un servicio de correo eficaz. Ella le escribió para decirle que se encontraba bien y que estaba embarazada de una Scialomè, el apodo de la familia de Fioravante. El apellido real no contaba, ese solo servía para los documentos.

Serafina jamás se equivocó a la hora de vaticinar el sexo de sus hijas. Las intuía. Y también intuyó aquel primer feto masculino: lloró todo el tiempo, porque sabía que lo iba a perder. Su útero era una maldición para los niños. Los acogía, pero no los alimentaba mucho tiempo; los dejaba morir dentro cuando ya tenían facciones de bebé. Abortó otro crío después de la tercera niña, y otro después de la sexta. Así eran sus embarazos, simétricos. Es un milagro que no se quedara en el sitio una de aquellas veces. Empezaba a sangrar, tenía dolores de parto, y luego las contracciones expulsaban el cuerpecito sin vida de aquel vientre que no era para él. Serafina dejaba de hablar y de comer durante varios días: solo bebía agua e infusiones de malva para compensar las lágrimas. Luego se levantaba y empezaba de nuevo a trabajar, es decir, a vivir.

Al recibir la carta de su mujer, el Fioravante soldado respondió con otra en la que solo figuraba tu nombre. Ella se echó a reír y aceptó. Esperia era la carbonera de cabellera gitana que años atrás había venido a quemar leña con sus hermanos, la hermosa joven que encandilaba el bosque de tu abuelo con su voz de sirena silvestre. Todo el que la escuchaba quedaba prendado de ella, incluido Fioravante. Con el nombre evocó en su hija toda aquella belleza, y tú siempre has cantado y silbado muy bien, es algo que siempre te ha hecho compañía en la vida.

Ante un público formado por tus hermanas, interpretabas algunas canciones como *Vola vola* y *Tutte le funtanelle se so' seccate*. Solo recuerdas algunas estrofas de *Vola vola*. No, no es porque no tengas memoria, es que la otra no te entusiasmaba, era demasiado triste para tu gusto. Si quieres, busco la letra. Podríamos formar un dúo, aunque yo no canto tan bien como tú.

La segunda revolución de tu vida fue la radio. De la primera ya te hablaré otro día.

Llegó cuando tenías dieciséis o diecisiete años, porque sí. Fioravante era un humilde pastor y campesino de los Subapeninos, pero sentía una gran curiosidad por el Progreso. Siempre hablaba de él con mayúscula.

Vendisteis unos cuantos animales y la compró; primero una de pilas y luego una radio-tocadiscos grande, de color marrón y amarillo, con los diales delante; en la parte de arriba tenía un plato para discos de treinta y tres revoluciones protegido por una tapa. El mundo irrumpía en casa. Ya era vuestra casa, no la que compartíais con abuelos, tíos y primas, todos amontonados. Vuestra casa, a dos kilómetros. La radio la llenó de silbidos y zumbidos, de rudas voces eslavas y austriacas. Era difícil sintonizar las emisoras italianas, teníais que girar casi imperceptiblemente los diales hasta encontrarlas, y cuando queríais volver a escucharlas,

MI MADRE ES UN RÍO

ya no estaban allí. Captabais cantantes y letras que enseguida te aprendías de memoria y entonabas alegremente. ¿Recuerdas algún nombre? Hoy sí. Luciano Tajoli, Nilla Pizzi, y luego Claudio Villa, Domenico Modugno. Te encantaba el Festival de San Remo, te pasabas el resto del año cantando las canciones. También comprabas discos de trágicas historias de amor, prohibidas hasta la muerte. Los intérpretes resultaban patéticos al son del organillo. Te he oído cantar *Peppino e Rosetta* hasta el agotamiento. Ya sé que te gusta, de vez en cuando aún lo intentas en voz baja, no me digas que no.

Acompáñame al huerto, va. Sí, es época de tomates, estamos en agosto. Cogemos dos cajas, una para los maduros y otra para los verdes. Avanzamos por filas, tú empieza por la primera y yo por la última. Tú llena la caja amarilla de tomates para ensalada, y yo la azul de tomates para hacer salsa. A mitad de camino nos encontramos y nos saludamos. No, así no te gusta. Así pues, juntas: tú coges los verdes y yo, los rojos. De esta forma, estamos cerca y podemos charlar. No pasa nada si se mezclan un poco, luego podemos separarlos, en la cocina. Sí, ya me has dicho que a Grazietta se le ha secado el huerto. Antes. No pasa nada.

A tu padre, que quiso llamarte Esperina, lo conociste con siete meses. Era su segundo regreso, justo a tiempo para la siembra del trigo. Y para otras cosas. Durante una de aquellas noches serenas de noviembre, tus padres concibieron a Valchiria. Y durante el permiso siguiente a Diamante, otro mes de noviembre. El muchacho volvía del frente bastante cachondo y la fertilidad de Serafina era infalible.

Naciste felizmente en las manos de la partera Rosetta, llegada desde Tossicia a lomos de un mulo. La ayudaban tu abuela paterna, Clorinda, la Desdeñosa, y tu tía Palmira, moderadamente solidaria.

También habían acudido las vecinas, que preparaban agua caliente y paños blancos.

Después de haberte lavado, enseguida te metieron un momento en la artesa de amasar el pan mientras recitaban una oración para augurarte prosperidad.

El bautizo a los pocos días de vida, que ya se te había muerto un hermano antes de ser bendecido. Vendas muy apretadas para que no se te torcieran las piernas y caldo de gallina para la puérpera, más cuarenta días alejada de las tareas pesadas y del agua. Te colgaron del cuello el relicario, una bolsita de tela cosida en cuyo interior se guardaba un trozo de la muela del molino. Fue idea de Palmira, que sabía más de esas cosas. Si los recién nacidos no lo llevaban, decía, de noche iban a visitarlos brujas que les chupaban la sangre dulcísima y los abandonaban antes del amanecer, llenos de cardenales y de marcas de dientes en la piel. O, peor todavía, los raptaban y los ocultaban en ciertos lugares que ellas conocían: allí, tras encender una gran hoguera, se los lanzaban unas a otras por encima de las llamas. En cuanto los pájaros empezaban a cantar, las brujas, cansadas del juego, devolvían a los agotados niños a sus cunas vacías y a sus madres, ajenas a todo.

Tuviste una infancia pobre, pero no pasaste hambre: todos los alimentos necesarios los cultivabais o criabais vosotros mismos. Hasta podíais acoger en vuestro hogar a los evacuados que ayudaban en las tareas a cambio de un plato y un jergón. Se encariñaban con vosotros y, cuando iban a visitaros, después de la guerra, sentían la necesidad de quedarse dos o tres días con la excusa de la nostalgia. Raffaele di Roseto, que de niño había estado en vuestra casa, volvió de joven y se quedó una semana tratando de convencer a Valchiria para que se prometiera con él, hasta que ella lo abofeteó delante de todo el mundo y se lo quitó de encima.

Así que Serafina tenía a los evacuados en casa y al marido en el frente. Tras el tercer permiso, y después de haberle escrito para decirle que estaba otra vez encinta, recibió una única carta con el nombre de la nueva: Scialomè. Luego nada.

Lo único que se sabía era que Fioravante estaba en Yugoslavia y que lo habían capturado los partisanos de Tito. Solo le daban de comer una patata hervida al día, a veces medio podrida. Estaban a punto de fusilarlo cuando la mujer de uno de sus carceleros lo reconoció: era el italiano que tiempo antes la había defendido de las brutales atenciones de un grupo de escuadristas. Lo salvó.

Quedó en libertad gracias a un intercambio de prisioneros; al volver a su patria, se topó con un ejército en desbandada. En Trieste, un oficial le dijo que se fuera a casa, que se había acabado la guerra. Llegó a Roma y desde allí se dirigió a L'Aquila usando distintos vehículos; de L'Aquila viajó a pie hasta Montorio y, de Montorio a Colledara a lomos del mulo de un conocido que se había encontrado por la carretera. Los últimos kilómetros los volvió a recorrer a pie, atajando por las acequias. Finalmente, cuando ya oscurecía, se desplomó ante el emocionado hocico de su perro, Freccia.

Tenía treinta años y pesaba treinta y cinco kilos, algunos de los cuales eran de piojos, según decía él mismo. Había cambiado. Se había vuelto comunista.

Nunca dejó de admirar a Tito por haber expulsado a los invasores sin la ayuda de los angloamericanos. No le concedieron la pensión de guerra porque faltaban documentos, por ejemplo, el licenciamiento. La única tierra extranjera que conoció fue como prisionero. La Italia situada más allá de los Abruzos también la había cruzado siendo militar. Roma le gustaba. Cuando le propusieron un peregrinaje para el Jubileo de 1975, dijo, resentido con el papa, que no iba.

No disfrutó del descanso del soldado, recuperó las fuerzas comiendo y retomó su trabajo como campesino y pastor allí donde lo había dejado. De la guerra conservó la pasión por el mundo y la malaria que el farmacéutico de Montorio le curó con quinina.

Después de la radio, fue el primero de la pedanía en tener una televisión, comprada a plazos. Cuando no estaba en los campos o en el establo, veía todos los telediarios, y vosotras guardabais un silencio absoluto, os bastaba con su mirada. Luego comentaba las noticias para sus adentros y maldecía a cristos y vírgenes, pero sobre todo a san Gabriel de la Dolorosa, el santo local. A tu madre, devota de san Gabriel, le parecía la peor de las blasfemias. Una vez al año, tu madre os despertaba al amanecer, solo a las mayores, y tomabais junto a ella un sendero entre los bosques para llegar hacia el mediodía a Isola del Gran Sasso. Allí pedía perdón

DONATELLA DI PIETRANTONIO

para el desventurado de su esposo y os compraba broches con la imagen de aquel santo de aire dulce y pensativo. Y una libra de lechón asado para comer con el pan que había traído de casa.

No me parece un problema grave. Ya sé que cuando uno vuelve a casa cansado del trabajo quiere encontrar un buen plato en la mesa, pero seguro que ha comido algo por ahí. Las salchichas de este año son especiales, por no hablar del queso fresco de la tía. Si se ha enfadado, pues peor para él. Las cosas han cambiado, tendrá que acostumbrarse. Va siendo hora de que deje de trabajar como cuando era mozo. Ya hace años que le decimos que se quede dos o tres vacas y venda todas las demás. Cabezota.

Querías preparar calabacines con tomates frescos, pero has cogido pepinos. Bueno, la verdad es que se parecen. ¿Los ha probado? Claro, él se fiaba. Ni me imagino lo asquerosos que deben de ser los pepinos cocinados, seguro que son amargos y viscosos. ¿Ni los cerdos los han querido? Bueno, pero sigues teniendo los calabacines, si quieres los preparamos. Primero los pelo, luego les quito las semillas y los corto a rodajas muy finas, tú ya has cortado los tomates que añadimos a la cebolla sofrita con un poco de aceite. Ahora echa la albahaca. No, en el huerto no hay, la tienes en una maceta en la terraza. Lo dejas sofreír todo unos minutos, luego añades los calabacines y lo tapas. No lo mezcles tanto, basta un momento. Muy bien, ahora rectificamos de sal y pimienta, poco de ambas cosas. Luego él se echará media guindilla y un puñado de sal en su plato. Siempre tan excesivo.

Esperina Esperina
dale agua a la gallina
la gallina ha puesto un huevo
no lo toques, que me lo llevo

Eran tus hermanas, que aparecían tras cualquier esquina, roca o cuadra para burlarse de ti y salir corriendo. Las nacidas después de la guerra también tuvieron nombres raros y, siempre os han preguntado si Viola es el nombre de pila. Pero Esperia, Valchiria, Diamante, Clorinda —conocida como Clorinda pequeña o Clo, para distinguirla de la abuela paterna—, Clarice y Nives, todas Viola. Fioravante eligió vuestros nombres uno a uno, dejándose llevar por intuiciones fulminantes. Seis hijas, decía con orgullo, mientras su madre os llamaba las ordinarias y solo tenía ojos para los varones de Palmira y Abele. Sí, tu tío.

Eras la mayor, pero también la más bajita. Tenías que cargar con casi todas las tareas domésticas y hacer un poco de madre y padre cuando ellos estaban ocupados con otras cosas. Las travesuras y bromas estaban a la orden del día: guindilla en la *ricotta*, falda recortada, sal entre las sábanas... Os quedó la costumbre de aliaros unas contra otras, por lo general cinco contra una, quizá con la participación de vuestra madre. En un momento u otro, cada una de vosotras sufrió el ostracismo de las demás, a veces durante años. Luego de nuevo hermanita esto, hermanita lo otro. Como cuando erais niñas, pero con el tiempo dilatado.

No se me olvida que la peor de todas era Valchiria, aunque no es de extrañar, con ese nombre. Alta, guapa excepto por los labios finos y pérfidos, ambiciosa y pagada de sí misma. La llamabais la Comandante. Por pobres que fuerais, ella siempre necesitaba un par de zapatos nuevos, siempre necesitaba ir a la modista. Cuando Serafina le decía que no, en el vestido viejo aparecía un agujero tan misterioso como irremediable. Para Valchiria, nada de telas por metro; ella quería tejidos de fantasía y colores más sofisticados. Se negó a ir a la escuela de corte y confección como las demás, ella nunca se pondría ropa hecha en casa. Si se pasaba de la raya, recibía los palos de su padre, pero eso no la doblegaba.

De entre todas sus hijas, Fioravante solo le permitía a ella ir a Montorio a caballo para las compras que no podían hacerse en Colledara o Tossicia. Pero Valchiria era generosa y siempre conseguía sacarle alguna cosi-

DONATELLA DI PIETRANTONIO

lla para vosotras, aparte de lo mejor para ella. Cuando se subía a la silla, permanecía uno o dos minutos inmóvil, como si se estuviera concentrando antes de lanzarse al campo de batalla en busca de los héroes a los que quería acompañar al Valhalla. Montaba a horcajadas, a pelo o como las amazonas, según el humor del día. Tenía un aspecto magnífico, regio, y solo la miraban a ella porque la yegua Nina, llamada la Torcida, no estaba ni de lejos a su altura.

Valchiria rechazó y humilló a decenas de jóvenes para casarse con un agricultor un palmo más bajo que ella y con una marcada tendencia a obedecer. Tuvieron dos hijos, a uno de los cuales le pusieron Fioravante; a ambos los mandaron a un internado cuando los padres emigraron a Alemania. Volvían a menudo para verlos. De vez en cuando, se le escapaban órdenes en alemán que sonaban preciosas en sus labios. *Schnell, schnell!*

Vivías dentro de un cuento y no lo sabías. Eras la pastorcilla amenazada por el lobo. Cuando la nieve le impedía encontrar alimento, el lobo abruzo salía del bosque y se acercaba a la casa de noche: era como una silueta oscura y cautelosa en el prado que la nieve iluminaba. Lo observabas desde la ventana, porque su aullido te impedía dormir. Te estremecías a causa del frío y del ancestral miedo humano. Luego el animal desaparecía tras el cristal empañado por tu asombro y volvías a la cama, junto al calor de alguna de tus hermanas.

Llevabas el rebaño a pastar, las cabras te daban mucha guerra. Las ovejas pastan todas juntas bajo la mirada de su guardián, pero las cabras —transgresoras e independientes— van a buscar los brotes tiernos entre los matorrales de los lugares más escarpados e impracticables. A la cabra no le gusta pastar con el hocico pegado al suelo y tampoco respeta los límites de la propiedad.

Por la mañana temprano, y luego al atardecer, ordeñaba las vacas durante un buen rato y así se te curaban las grietas de las manos. Para desayunar tomabas leche hervida y una gruesa capa de cuajada en un plato hondo, sobre un lecho de trocitos de pan. Espolvoreabas azúcar por encima, muy rico, pero cansaba un poco todos los días lo mismo.

Entre junio y julio, el bosque se llenaba de fresas: apartabas los helechos para cogerlas y las colocabas en una hoja grande enrollada en forma de cucurucho. Te sentabas en una piedra y te las comías la mar de tranquila mientras te observabas las piernas, cubiertas de arañazos. El sol volvía negras las moras de las zarzas: cogías las que ya estaban maduras, dejabas las rojas para el día siguiente y las verdes para la semana que estaba por venir.

Tenías prohibido contar las estrellas del cielo, decían que si las señalabas con el dedo te saldrían verrugas. A lo mejor es que no querían que los niños se tomaran demasiadas confianzas con Dios.

Verrugas a discreción, aunque cogieras luciérnagas con las manos y las aplastaras para descubrir el secreto de su luz.

Te hallabas donde nace el viento, en un lugar luminoso y hostil cuyo telón de fondo eran las montañas. Y también las personas eran hostiles. Los niños trabajaban, aunque no tanto como los adultos, y por eso en muchas familias solo estaban un peldaño por encima de los perros. En la tuya no.

¿Por qué quieres hacer café, si no lo tomamos...? ¿Necesitas practicar porque te resulta complicado? Si viene alguien, quieres ofrecerle un café.

Coge la cafetera, en el armario de arriba a la derecha, al lado del escurreplatos. Falta una pieza, ya la busco yo. Vamos a ver, aquí está, debajo del fregadero, entre los detergentes, qué despistada eres. No, primero el agua, hasta la válvula, luego el filtro y luego el café. La enroscas, espera, la aprieto yo un poco más. Enciende el fuego, el grande no, el pequeño. Invitamos a Grazietta, tu vecina del alma, le gusta tomar un café por la tarde. Mientras, prepara la taza. En la alacena, coge también el azucarero. No, Giovanni aún no puede tomar café.

Nuestro amor se torció enseguida. La habían educado para el sacrificio, no podía permitirse el lujo de estar con su criatura. De vez en cuando apartaba la mirada de la tierra que estaba trabajando y contemplaba el hatillo abandonado sobre una manta, a la sombra de los árboles. Yo seguía allí. Si lloraba fuerte, me oiría. Se quedaba tranquila. No entendía por qué de noche yo me mostraba tan caprichosa y hambrienta de ella, que debía encargarse de todas las tareas domésticas que se le habían acumulado durante el día. Y, además, aquellas eran las órdenes del suegro-amo cuando el marido emigraba a Alemania. El tono de Rocco era insoportable, pero a lo demás no podía negarse: había que recoger el heno seco, cosechar el trigo y dar de comer a los animales.

Las tías dicen que a los cuatro o cinco años yo estaba muy enmadrada y era de lágrima fácil, que me daban miedo la soledad y las tormentas. Un vecino me había dicho que estaba tan delgada que el viento se me podía meter debajo de la falda y llevarme volando muy muy lejos, hasta América.

Ella me quería, pero tenía otras cosas que hacer. Trabajaba para su hija.

Yo no era lo primero en sus pensamientos y jamás lo he soportado. De mayor la disculpé, por su historia, pero nunca me la creí lo suficiente. Tendría que haberse rebelado por mí, quererme por encima de todo. Convertirse en una partisana. Pero el heno estaba allí, el trigo maduraba y los animales tenían que comer.

Muy pocas veces revivo en la memoria el deseo de pegarme a aquel olor suyo de campesina joven y sana. De ella me ha quedado la ausencia. Tenía una madre inaccesible, distante, no por desamor, sino por prisa, que es otra forma de desamor. La seguía siempre, a veces con los andares humildes de un perro pulgoso que exhala desesperación por el hocico. Solo la encontraba por las noches, cuando me metía en su cama. Por el olor de su pelo, sabía en qué tareas había estado ocupada a lo largo del día: establo de las vacas, *pecorino* fresco, forraje, pimientos fritos. Lejana una vez más, perdida en las profundidades del sueño, pero yo estaba a su lado, le echaba el aliento en la nuca, podía velarla un poco y luego, finalmente, quedarme dormida yo también con la mano apoyada en el hueco entre su hombro y su cuello, donde la notaba más suave y viva.

Algunas mañanas se marchaba temprano hacia algún campo alejado de casa. Me llevaba con la anciana Palmantonia, la única vecina que no salía de casa porque tenía medio cuerpo paralizado.

Antes de irse me ponía en la mano una rama de cerezo resplandeciente de frutos rojos que se mecían entre las hojas oscuras. Algunos iban de dos en dos y me los colgaba de las orejas como si fueran pendientes. Rápida rápida, las había cogido a escondidas del árbol que estaba al fondo de la era. Me dejaba su prenda de amor, su promesa de que iba a volver, su consuelo para mis lágrimas. Pero no me bastaba.

La anciana no era malvada, pero me daba un poco de miedo, con aquella boca torcida y aquellos ojos desparejados: uno le lloraba siempre y el otro le parpadeaba a intervalos regulares. La pobre mujer intentaba distraerme, pero yo no me dejaba. Inflexible, esperaba que llegara la noche. La lejanía me desgarraba el pecho. Cuando ella llegaba, me encontraba con los ojos aún húmedos del último llanto; sobre el regazo, la rama de cerezo con las hojas mustias y las cerezas un día más maduras.

A veces la odio. Ahora, por ejemplo, mientras conduzco para ir a verla. Odio el tiempo que me cuesta. Cuando vuelvo me siento vacía, exhausta, no recuerdo nada. Bajo las ventanillas a pesar del frío para que el aire se lleve mi miedo al contagio.

Soy incapaz de demostrarle dulzura. No la toco jamás. Solo imagino que le acaricio los brazos, las manos deformadas por la artrosis, las mejillas, la cabeza. El pelo le empieza a escasear, como si la atrofia que trabaja dentro de esa caja de hueso le estuviera atacando también las raíces. Es una especie de cáncer inverso, reseca en lugar de proliferar. Es demasiado joven para esto, no está preparada. No estamos preparadas. No me acerco; si lo intento, siento la fuerza de repulsión, como cuando se acercan los polos iguales de dos imanes.

No la he superado. No le he perdonado nada. Aún esperaba saldar las cuentas con ella cuando me la arrebató la enfermedad. Temblaba de rabia, como si me hubiera hecho un desaire. O me entraba el miedo de haber provocado yo su enfermedad.

Probé con la madre de mi compañero, quince años mayor que la mía y muy enferma. La bañé. Mientras la ayudábamos a entrar en la bañera, defecó en el borde. Lo limpié. La enjaboné levantándole los flácidos senos para limpiarle bien los pliegues, donde la piel se irrita con el sudor y se pone roja. Cuando le limpié el ano, la esponja salió varias veces maloliente y sucia de caca. Después del champú le puse acondicionador, luego le pasé el peine de púas anchas por el pelo encrespado y estropajoso. De vez en cuando se resbalaba en la bañera y tenía que cogerla de las axilas para levantarla. La enjuagué y luego Pietro y yo la sacamos de la bañera y la sentamos en una silla. Una vez seca, le apliqué crema hidratante en las piernas y en los brazos, que se le secaban mucho. Un hilillo de gratitud le colgaba de la boca.

Solo me sentí un poco cansada, pero bañarla no me supuso ninguna dificultad. Ella no es mi madre.

Me apasionan las calles oscuras donde el deseo crónico de una madre se dispersa y se convierte en lo contrario. El rechazo —el miedo— a la proximidad de los cuerpos. Cuando ha llegado mi turno, lo único que he sabido devolverle es la ausencia. Contemplo a nuestra espalda el jardín con senderos que se bifurcan. Solo puedo contarle su propia vida.

Desde esta mañana no te encuentras bien. Te sientes como si tuvieras un globo hinchado en el estómago y, de hecho, no has comido. O puede que hayas desayunado algo, no te acuerdas. Te preparo un poco de pan con aceite, una rebanada y ya. Giovanni está en casa de un compañero de clase, luego iré a buscarlo. Sí, he visto la foto del estante, es la viva imagen de Fioravante. Con las piernas separadas igual que su bisabuelo, mira, con los puños apuntando al suelo. Qué pena que no llegaran a conocerse, se habrían caído bien. Pero Fiore nos dejó pronto y a Giovanni lo tuve tarde, qué le vamos a hacer.

Os preparo algo para cenar a papá y a ti. Hoy está ayudando al tío en la recogida del maíz y mañana el tío lo ayudará a él. Si no llueve. Pimientos con dados de jamón, un poco pesado, pero te gusta. Jugando en casa de un amigo, luego voy a buscarlo. ¿Te cuento algo?

En tu vida, la primera revolución llegó con el colegio. Estaba lejos, en Colledara, a una hora de camino por un sendero solitario que se ensanchaba justo antes de entrar en el pueblo. Además de la cartera llevabas unos zapatos de recambio, limpios, que te ponías al llegar a Colledara. Los otros, sucios de barro, los dejabas junto a unos matorrales, donde te esperaban a la vuelta. Caminabas durante el amanecer húmedo de rocío. En las zonas de sombra junto a las acequias, bajo los árboles, el velo de agua dibujaba telarañas que en otros momentos resultaban invisibles, tejidas entre los helechos. No notabas el peso de la mariposa que, durante un momento, se mimetizaba entre tu pelo. Allí donde el terreno estaba demasiado blando, saltabas de piedra en piedra.

Te divertía caminar largos trechos con los ojos cerrados, convencida de conocer el camino. Reconocías los lugares por su olor, por el sonido, por el sol que se apagaba en tu piel cuando te adentrabas en el bosquecillo de hayas. Cuando llegabas a la altura del pantano, oías el plaf de las ranas cuando saltaban al agua y la raíz del roble melojo intentaba hacerte la zancadilla en la curva que estaba antes del canal de la Vaquilla. De hecho, una mañana te caíste de bruces y te presentaste en la escuela con las manos arañadas y la falda rota. Desde ese día aprendiste a hacer trampas y entreabrías los ojos más a menudo para ver por dónde ibas.

Fioravante insistía en mandaros al colegio. Nunca os compró juguetes, pero libros sí. *Corazón: diario de*

33

un niño, *Las aventuras de Pinocho*, el *Quijote* y novelitas para chicas.

En invierno era imposible recorrer una distancia tan larga. Podías quedarte en el pueblo con la tía Dirce o en casa de una comadre, Marianere. Preferías a la segunda porque la tía parecía la mujer de un orco. Al llegar el buen tiempo aparecías por sorpresa en la era de tu casa, cuando el sol se ocultaba ya tras el monte Camicia y los animales regresaban cabizbajos. Tus hermanas saltaban de alegría, después empezabais a reñir.

La maestra te adoraba. Se abría ante ti un mundo que hablaba italiano. Perdiste la ingenuidad hacia tus circunstancias al descubrir las diferencias entre tu vida y la de tus compañeros. Observabas a los niños jugar al escondite por las callejuelas después de comer mientras sus madres los vigilaban discretamente desde las ventanas.

En primavera llegabas a casa de tus padres por la tarde, justo cuando las cabras y las ovejas pastaban en los prados. Claro que comías, antes. Por cierto, ¿quieres un poco más de pan con aceite?

Una tras otra, tus hermanas también empezaron el colegio. Voces, risas y gritos que recorrían el sendero; las ranas hacían plaf mucho antes de que llegarais al estanque. A la salida del colegio, discutíais para decidir si volvíais a casa o bien os quedabais a dormir en casa de Marianere: pasar la noche en el pueblo era una diversión a la que Valchiria renunciaba a regañadientes, así que recurría a previsiones del tiempo tan fantasiosas como catastróficas que desaconsejaban emprender el camino de vuelta incluso a las niñas más temerarias. Si se quedaba solo ella, se arriesgaba a recibir un sermón de vuestro padre, que la llamaba holgazana.

Duerme como una niña después de contarle un cuento. Respira con la boca abierta y se le escapa una sibilancia leve pero regular. Cuando se despierte, estará desorientada, pensará que es por la mañana temprano, o que está en mi casa. Después descubrirá que está en su viejo sofá y poco a poco irá reconociendo la casa y quizá se dará cuenta de que ya es por la tarde. Se sobresalta, quizá esté soñando. La observo de cerca, tiene la expresión dolorosa de la luna casi llena. La piel es fina en la nariz y en los pómulos, tersa y brillante, como si estuviera a punto de rasgarse. Podría estar muerta.

El cuerpo envejece muy rápido, sigue de cerca el declive de los pensamientos. Siempre subía la escalera deprisa, silbando: ahora se aferra con la mano derecha a la barandilla para izar su peso escalón a escalón, con un esfuerzo cada vez mayor.

Y ciertos momentos de gracia en los que parece liberada, casi devuelta a sí misma. En realidad, se desmorona bajo nuestra incrédula mirada. Se le han roto varios dientes. Tiene esa cara de luna dolorosa.

Se gira en el sofá con un lamento. Mueve varias veces los labios para humedecerse la boca con saliva y finalmente la cierra. La respiración se vuelve silenciosa, ahora solo se ve el movimiento del pecho. Y los globos oculares bajo los párpados. Un rayo de sol que se cuela por la ventana le ilumina la mano. Tiene los nudillos hinchados, lo mismo que las venas. La última falange de cada dedo cambia repentinamente de dirección respecto al eje, como si una ráfaga de viento la hubiera desviado hacia el pulgar. En el dedo anular el ángulo es tan marcado que el dedo parece roto y mal soldado. La muñeca también está hinchada. Me observo a mí misma para ver si soy yo el monstruo que ha permitido que todo eso suceda.

Me alejo de su sueño y doy vueltas por la habitación con el vago propósito de arreglarla un poco. Ella insistía siempre en el orden doméstico y trataba de imponérmelo sin éxito.

Ahora, sin embargo, encuentro paquetes de pasta y de azúcar, algunos abiertos y otros cerrados, entre las copas de cristal y los juegos de café que están dentro de la vitrina cara. Cuando los llevo a su sitio, me encuentro el insecticida. Lo guardo en el armario que está debajo del fregadero y allí descubro botellas de aceite y vinagre entre los detergentes.

Haría falta un modelo matemático para ordenar esta casa y habría que aplicarlo una o dos veces por semana.

Aquí, si falta un objeto, una se desespera porque no sabe dónde buscarlo y, mientras lo hace, de repente le aparece otra cosa tras la que llevaba días. La sal estaba en el congelador.

Abro la nevera para beber algo: en el estante más alto veo una cazuela tapada. Durante un segundo, deseo que haya cocinado algo que no sea la consabida salsa de tomate a la que olvida añadir el aceite y la albahaca. Levanto despacio la tapa. Está vacía.

Hoy soy la profesora de latín. Bueno, pues vamos a examinar a Esperia Viola sobre *Lupus et agnus*, de Fedro, que te sabías muy bien. Te escucho.

Ad rivum eundem lupus et agnus venerant,
siti compulsi. Superior stabat lupus,
longeque inferior agnus. Tunc...

Es suficiente, te veo preparada. ¿De qué te quejas? Te la sabías entera y ahora solo te acuerdas del principio. Pues yo ni eso.

Y así, señorita, llegas a secundaria. Durante los meses de colegio te quedabas en Atri con tus abuelos paternos, que habían comprado una casa en el campo con un pequeño terreno. Para que nuestros nietos puedan estudiar, decía él. Los chicos, puntualizaba ella. Pero los chicos resultaron ser un desastre.

Mucho tiempo después repetirías con tu segunda familia aquella pequeña migración hacia el Adriático, suficiente para cambiar la vida de los campesinos como vosotros.

Quería acompañaros Clarice, la Desgraciada, así la llamabais tú y tus hermanas cuando no estaba. Pero cuando queríais ser malas la llamabais Morro Hervido. Eres tan fea, Morro Hervido, que no se te arrima nadie, le soltabais sin demasiados miramientos. Yo sí que os voy a dar en los morros, decía Serafina si os oía.

Así que Clarice pasó un año contigo, la hermana casada que se había ido a vivir valle abajo. Todos de acuerdo, en uno y otro lado. Y yo la más feliz de todos. Tenía diez años y una bata azul celeste que me había hecho la modista, con mis iniciales bordadas a mano. Era mi mejor prenda, pero mis compañeras se desvivían por quitársela y de vez en cuando, por la mañana, fingían que les había caído un poco de café con leche solo para poder enseñar la camiseta nueva. Observaba a la maestra abrir la boca, con el miedo de que nos permitiera quitarnos la bata, pero decía: os la tenéis que poner después de desayunar. Perdona, estaba hablando de mí, no de ti. Me sentía muy distinta a mis amigas. ¿Y tú? Tú también, un poco.

Te gustaba ir al colegio en Atri, pero en junio no veías el momento de volver a tu casa de la montaña, a tus pocas certezas.

Yo sé que debía volver, sin embargo, a una angustia nueva. El muchacho que había fantaseado con el cuerpo de la carbonera Esperia la encontraba de nuevo, con mi-

rada de orco, en su hija homónima, por entonces apenas
una niña. En cuanto ella salía de un establo, la empujaba con sus piernas nervudas contra una pared reca-
lentada por el sol, le restregaba la erección contenida
bajo los pantalones de basta tela, la tocaba, la mano-
seaba, le echaba en la cara el aliento nunca lavado que
olía a queso de oveja. Ella torcía los labios, volvía la cabeza hacia las lagartijas que se escurrían entre las piedras, hacia el gato que paseaba con indolencia. Siempre
consiguió zafarse de él, huir de aquellas manos feroces
y correr hacia su madre hecha un mar de lágrimas.

Por suerte, no hubo episodios irreparables. Serafina
vigilaba, protegía, intentaba que la mayor de sus hijas
estuviera siempre acompañada al menos por una de
sus hermanas. La consolaba y se esforzaba desesperada-
mente por mantener a la familia unida. Para «la bestia»,
pocas palabras: deja en paz a la niña. La última vez se las
escupió entre dientes mientras le apoyaba en la garganta
un cuchillo. El que se usaba para degollar a los cerdos.

Los recuerdos de Esperina están enfermos, me con-
sienten todas las censuras. De que su padre la molestaba solo me habló una vez, pero yo ya era adulta y él
llevaba años muerto. Me dejó quererlo de niña y de
adolescente. Yo era su nieta preferida, su primera nieta,
me decía en italiano.

Cuando ella me lo contó, se mostró insólitamente sintética y escueta. Se le notaba que tenía un nudo en la gar-

ganta y que hacía esfuerzos por contener las lágrimas. Guardé silencio. Al cabo de un rato, sintió la necesidad de un tema banal, con el consiguiente derroche de cháchara.

Alguna que otra vez he pensado si yo tenía motivos para dudar de su desgracia. No los tenía. El único, desleal, podía ser su obstinada determinación de que yo conservara a mi maravilloso abuelo Fioravante, que me llevaba en brazos a recoger higos.

He buscado un nexo entre ese amor molesto y la madre a medias en la que se convirtió después. No tuvo para mí atenciones, ternura, contacto... Sus manos eran de hueso, me tocaban raramente y de forma perpendicular; se limitaban a gestos eficientes de cuidado y se permitían pocas digresiones afectuosas. Casi como si se estuviera ocupando de los corderos.

Quería salvarla, traté de imaginarme a una muchacha obligada a abstenerse con su propia hija por el recuerdo aún fresco, grabado en el cuerpo, de las horrendas caricias sufridas. Era su forma de respetar a esa hija, de protegerla, ese era su amor. Amaba al revés, no daba por miedo a ese dar a la fuerza que había conocido como presa.

No sé si es verdad. Quería salvarla. Ella y yo jamás hemos terminado de ajustar las cuentas. La he buscado durante toda mi vida, porque no soy más que una pordiosera. Aún la busco. No la encuentro. La busco. Madre dolorosa.

La montaña se desmorona. Es blanda, porosa, a su debido tiempo el hielo se dilata en las grietas y rompe la roca. Los fragmentos caen rodando por las pendientes y confluyen en los pedregales.

Aristide di Tanganelle había abierto una cantera, nadie sabía muy bien dónde, no estaba en esta ladera. Cada pocas horas se oía el estallido de los explosivos y luego la vibración profunda que sacudía la montaña entera y se propagaba por la sierra, amplificada por la caja de resonancia que era el valle. Los animales se ponían nerviosos. Y entonces parecía que caían más rocas, pero solo era una sensación. Las piedras aparecían por todas partes, infestaban los escasos campos cultivables en los márgenes de los bosques. El arado avanzaba entre el sonido del hierro al chocar contra la roca y se desafilaba.

Una vez al año, ibas con las demás a quitar piedras. Ya nadie lo hace. Si era necesario, las arrancabas de la corteza del planeta que ya estaba empezando a integrarlas y las transportabas hasta una pila en el centro del campo. Finalmente, la tierra quedaba lista para el trabajo, pero al cabo de pocos meses volvía a llenarse de piedras como por arte de magia. La pila de piedras aumentaba con el tiempo, se convertía en el hogar de lagartijas y alguna que otra serpiente; las zarzas crecían alrededor y luego incluso por encima. Era un pequeño ecosistema. Los niños querían ir a quitar las piedras en la época de las moras para zampárselas, pero también para pintar con las más maduras el lado plano de las rocas. Representabais a los miembros de la familia: Fioravante con su bigote de puntas rizadas, Clo con sus orejas de soplillo y tú misma con el pelo en forma de champiñón. Luego jugabais a hacerlos hablar y, a veces, a discutir golpeándolos unos contra otros. Eran vuestras marionetas. Alguna de vosotras se pillaba un dedo de vez en cuando: a Nives se le puso morada la uña del índice derecho y luego se le cayó. Sí, luego le volvió a crecer, pero un poco deformada.

¿Quieres que hagamos inventario de otras tareas ya desaparecidas?

El jabón en casa: se hacía con la grasa del cerdo y la sosa cáustica en un gran caldero de cobre. Las niñas tenían que mantenerse alejadas para evitar quemaduras; así fue como Clarice se quedó sin cara.

Lavar la ropa en el río: las toallas y las sábanas, con el jabón de antes. Solo dos veces, una en junio y la otra en septiembre, y por eso todas las chicas tenían que

43

disponer de un buen ajuar. De vez en cuando hasta os bañabais vosotras, achicharradas por el sol junto al agua. Para las prendas pequeñas, ibais todos los días a la fuente de la pedanía.

Lavar las ovejas: antes de esquilarlas las llevabais al río, las metíais una a una en un meandro lo bastante profundo y las restregabais vigorosamente.

Desherbar el grano: en mayo, cuando las plantas aún estaban verdes, se recorría el campo a lo largo y a lo ancho para arrancar las malas hierbas, pero con cuidado de no pisar los tallos en los que ya crecían las espigas verdes y peludas.

Ahora dime tú una. No te acuerdas. Te ayudo: siguiendo con el trigo, ¿qué teníais que hacer antes de llevarlo al molino? No, después de la trilla. Lavarlo, muy bien. Y luego se extendía al sol para que se secara, sobre anchos paños de tela gruesa que los niños protegían de la voracidad de las aves de corral. Y hablando de gallinas, es hora de recoger los huevos. A ver si recuerdas los sitios donde los ponen. Luego los cascamos para hacer una tortilla de patatas, a Giovanni le encanta.

De mi hijo no se olvida nunca. Cuando era pequeño, estaba mucho con ella. Cuando yo volvía a casa, jadeante y deseando verlo, las muestras del cariño que se dispensaban me provocaban un ataque de celos. A veces, después de un primer abrazo, el niño quería ir otra vez con la abuela. Y a ella se le escapaba de vez en cuando un ven con mamá. Yo la corregía con una puntualidad casi despiadada y la miraba fijamente a los ojos como diciendo ni se te ocurra. Me esforcé por mantenerla en su sitio, por impedir que me arrebatase a mi hijo.

Ya me lo había anunciado cuando yo estaba embarazada: había sido una madre poco presente y quería resarcirme siendo una abuela a tiempo completo. Tal vez quisiera compensarnos a ambas por todo lo que nos habíamos perdido. Tuve que contenerla un poco. Con la excusa de que ella ya tenía bastante trabajo en casa, la fui sustituyendo poco a poco por la guardería. Seguía viendo al niño, claro, aunque no todos los días. Al cabo de un tiempo, los primeros síntomas de la enfermedad.

Giovanni llegó la noche del solsticio de invierno, a medio camino entre los signos de Sagitario y Capricornio. La aguanieve azotaba las ventanas. Pietro y yo quisimos recibir solos a nuestro bebé. Cuando le pedí que avisara a mis padres, las enfermeras ya estaban lavando al niño.

Más tarde, mi madre insistió en quedarse en la habitación del hospital para ayudarme. Arropada en el chal verde de flores que le había regalado Nives, se quedó dormida en la butaca del rincón, cansada tras un día que hasta el último momento había parecido normal. Estaba tan cansada que empezó a roncar y ni siquiera me oyó cuando intenté llamarla en voz baja para que no molestara a la otra puérpera. Se levantó una vez para ofrecerme un vaso de agua. Me pasé toda la noche escribiéndole mentalmente una carta, pero luego ya no la recordaba. Temblaba por la rabia y por el frío que me provocaba aquel sueño desconsiderado, por su consumada experiencia a la hora de ser entrometida y distante al mismo tiempo. Me indigné porque ella había profanado aquel momento haciéndome notar, ya desde la puerta, que tenía el camisón y las sábanas manchados de sangre, que había que cambiarlos. Pero eso nunca nunca se lo contaré así.

Poco antes del amanecer, me invadió un inmenso amor por ella, obstinado y terrible, un amor culpable que no supo encontrar los caminos que llevaban al suyo.

Tuve miedo por el niño. No me lo merecía porque mis pensamientos eran impuros. Parecía recién salido de la fábrica de los ángeles, con la cabecita que olía a pan recién hecho, el aliento a leche tibia y los ojos, enormes, abiertos ya al mundo.

El cerdo debe morir en invierno, cuando el frío agarrota el amanecer y corta la piel de la cara.

Se han producido heladas de cristal y la luna es propicia. Entonces puede ocurrir que por la mañana temprano, mientras los charcos de ayer crujen bajo los pasos, nos sorprendan los lamentos del animal sacrificado en algún lugar impreciso del valle, en la ladera de la colina, donde el humo se eleva anticipándose a la claridad del día.

De cerca, el grito de muerte es siempre más alto y cortante, irrumpe en el silencio del paraje y luego empieza a decrecer en intensidad, a volverse ronco, se empapa de sangre hasta terminar en estertores distorsionados por los últimos estremecimientos del cuerpo enorme.

Puede que el cerdo sepa que ha llegado el final: en otras ocasiones, a lo largo de su escaso año de vida, lo sacan del corral para pesarlo o castrarlo, pero nunca arma tanto jaleo ni se muestra tan belicoso como cuando van a buscarlo para la matanza. Los hombres lo empujan, lo arrastran cogiéndolo de las orejas o de la cola, mientras él clava las pezuñas, chilla y sacude la cabeza.

El cerdo es bendito y san Antonio lo protege. Esta era la única carne que comíais: en Navidad, Semana Santa y fiestas de guardar; gallina, cordero nunca, pero cerdo sí. Todas las familias sacrificaban al menos uno para el invierno. Cuando yo tenía la edad de Giovánni, era un gran acontecimiento, un día de gracia y abundancia. Acudían todos los parientes: si no los invitabas, se ofendían, y si los invitabas, se te comían un cuarto del animal.

No se tira nada, empezando por la sangre, que se recoge tal y como brota del tajo del cuello: palpitante y cálida, de un rojo intenso. Una vez cocida se convierte en el *sanguinaccio*, que puede ser dulce o salado con cebollas. Ya casi nadie lo come, dicen que da asco. El exceso de manteca os reconfortaba, era un tesoro en casa, pues el aceite de oliva se os terminaba en primavera y ni siquiera sabíais que existía la mantequilla.

La mañana de la matanza, del cerdo se obtiene solo lo necesario para la comida. Se fríen los sesos con guindillas secas y dientes de ajo. Es un manjar reservado a quienes han matado al cerdo, que lo comen de pie como si fuera un aperitivo, mientras esperan para sentarse a la mesa. Entretanto, las dos mitades limpias del animal se cuelgan en una sala fría para que reposen. El tocino tiene ahora el aspecto de la piel recientemente rasurada. Las mujeres preparan macarrones y, de segundo, el *cif-ciaf*, un estofado con o sin salsa, sencillo, con hojas de laurel, guindilla, ajos sin pelar. Tiene un sabor especial gracias a la carne recién sacrificada; después de uno o dos días, el sabor ya no sería el mismo. Hay que sentir la vida reciente.

Los hombres comen y beben, luego juegan a las cartas y a la morra. Brindan con la fórmula «muerte para ti y salud para quien se te come». Son los vecinos, que visitan a las familias que matan a los hermanos: así es como a veces los llaman.

Después de cuarenta y ocho horas, el frío ha cumplido su función y el cuerpo está rígido, listo para trabajarlo y descuartizarlo. Las mujeres no deben estar menstruando, porque entonces se estropea la carne. ¿Aún queda alguien que se lo crea? Tú no te lo has creído nunca, ya lo sé.

Se empieza por la mañana temprano: después de haberos encargado de los animales y de haber desayunado pongamos un par de huevos fritos con tocino y guindillas. Se recortan los jamones, lo más redondos que se pueda. Tú tienes un secreto.

Antes de ponerlos con sal en una cuba, los prensáis con fuerza para extraer toda la sangre residual que haya podido quedar en los vasos más gruesos. La sangre podría estropear la carne.

Vuestros jamones son buenos, pero dan mucha sed. Si me prometes que no se lo vas a contar a quien tú ya sabes, te confieso que en casa yo compro jamón de Parma, que es más dulce. ¿Que por qué no se lo puedes decir? Pues porque para él sería una ofensa mortal, cría a los cerditos como si fueran sus hijos.

Papá hace rodar sobre un lecho de pimienta molida el fiambre curado en sal y lavado con vino. Luego le pasa la mano por todos los lados para que el polvo se adhiera bien a la superficie. Estornuda varias veces seguidas y se dice Jesús a sí mismo. Finalmente, embute la carne en la tripa y la ata bien con hilo de bramante. No se fía de nadie, quiere hacerlo con sus propias manos.

Los despojos son deliciosos: rabo, codillos, orejas, morro. Se echa un poco de la manteca que no sirve ni para condimentar ni para hacer jabón.

Ya ha oscurecido, estáis cansados. Del enorme cuerpo que fue ya no queda nada. Los hombres se van a dormir. El olor a carne cruda flota en la casa durante días y de las salchichas que cuelgan de las barras caen gotas de grasa cuando crecen las llamas de la chimenea.

Dentro de unas cuantas semanas, todo el que no tenga una marrana irá a comprar un par de lechones de rabo rizado y empezará un nuevo año porcino. Durante cuatro estaciones los criaréis para el sacrificio, de manera que pueda repetirse un día como este.

El cerdo te salva. Cuando te faltan el tiempo o las ganas, o te has olvidado de cocinar, solo tienes que bajar a la despensa. Esperas unos segundos para que los ojos se te acostumbren a la penumbra y ahí están, en ordenadas filas sobre los estantes, los recipientes y las pequeñas damajuanas de cuello largo llenas de salchichas en aceite, que seguirá verde y congelado mientras haga frío. O puedes levantar la mirada y cortar el cordel del que cuelga una pieza de lomo de cerdo, o incluso descolgar un jamón de su gancho de hierro y empezarlo de una santa vez.

El huerto también te salva: en estos meses es como un supermercado, solo tienes que acercar la mano y coger lo que te apetezca. Los pimientos están enfermos, dices. Empiezan a estropearse por la punta y luego, poco a poco, se van marchitando hasta el pedúnculo. Y de los melones de este año solo han salido buenos los de invierno, los demás saben a pepino. Es verdad, también te salva el pan. Pan con aceite, pan con tomate, pan con carne de cerdo.

Te hiciste mujer tú sola. Te saldrá sangre por allí abajo, te dijo tu madre mientras te enseñaba el cajón de la cómoda donde se guardaban los paños. Te llevaste unos cuantos a casa de la tía Clorinda, en Atri. Tuviste que esperar mucho. Sabías que a casi todas tus compañeras de secundaria ya les habían llegado sus cosas de mujeres. Y, sobre todo, tenían tetas, caderas, culo, cintura de avispa. Los chicos mayores las miraban e intentaban ligárselas. Tú, en cambio, eras una cría casi grácil, algo encorvada pese a ser bajita, con unos ojos enormes de mirada asustada. También de eso, de que no te salieran nunca. Tenías, pegados a las costillas, dos botones duros que te dolían cuando se movían. Los observabas constantemente en busca de señales de hinchazón, crecimiento, estallido. Tu sueño era despertarte una día al amanecer y tener pechos. Te tocabas los cuatro pelillos de las axilas; del pubis no, eso no se hace.

Y, finalmente, la sangre llegó una tarde de verano. Serafina te enseñó a doblar la tela de lino para conse-

guir cierto espesor y a sujetarla a las braguitas con un alfi-
ler. Luego te dejó con tu felicidad y tu dolor de barriga.
Llegaba en oleadas y alcanzaba un clímax insoportable para después disminuir al mismo tiempo que empezaba ya en otra parte. Te acurrucabas en el prado,
aferrándote con fuerza al bastón apoyado en el suelo,
hasta que los nudillos se te ponían blancos. Las ovejas
se acercaban a mirarte, pastaban a tu alrededor. El líquido rojo goteaba del paño empapado y te resbalaba
por las piernas. Arrancabas una hoja para detenerlo y
recorrer hacia arriba el rastro que había dejado la gota.
O, con un horror discreto, observabas la sangre mientras se secaba, a la espera de poder lavarte con el agua
de la palangana. Los perros acercaban su hocico entro-
metido para olisquearte entre los muslos.

Ya tenías edad suficiente para asistir a los bailes de la
pedanía. Por turnos, las familias con hijos jóvenes co-
locaban dos hileras de sillas en lados opuestos de una
habitación grande, despejada para la ocasión. En uno
de los lados se sentaban las chicas y en el otro los chicos; también hacía falta un organillo, comida y bebida.
Al final de cada pieza, de hecho, las señoritas de la casa
paseaban entre los invitados con bandejas tintinean-
tes repletas de vasos llenos, o rebosantes de pan con
aceite, jamón, galletas hechas por las madres... Tienes
razón, a las mujeres no os ofrecían vino, solo agua. Por

lo menos un progenitor tenía que acompañar a las hijas y asegurarse de que las manos de los jovencitos se limitaran a las zonas permitidas y de que la distancia de seguridad se respetase. Ya ves, eran bailes tan rápidos —vals, polcas, mazurcas, saltarelos— que no permitían ninguna intimidad, solo servían para excitar a los mozos. Para conoceros, sí.

El hombre que tocaba el acordeón diatónico controlaba, con la ayuda del vino Montepulciano d'Abruzzo, el aire del interior del muelle y el estado de ánimo de los asistentes. Si no era anciano, las mozas revoloteaban a su alrededor, pero él no podía bailar. Cuando el instrumento ejecutaba las primeras notas de un tema, los caballeros se levantaban para cruzar la sala y hacían un gesto con la cabeza a la elegida, que entonces se ofrecía con el brazo extendido. El aliento les olía a ajo y las axilas a cabra vieja. De qué te ríes, digo la verdad, de vez en cuando me obligabais a ir, seguía siendo tradición. Te ríes, ¿eh? Para mí, estudiante de bachillerato militante, era una humillación. Muy bien, ahora te duele el estómago de tanto reír. Siempre era la última a la que sacaban a bailar, y en el caso de que hubiera más chicas que chicos, siempre me dejaban de lado. Y yo qué sé, porque era delgada como un fideo y ponía cara de asco, supongo. No, no me gustaba, me sentía doblemente ofendida.

Tú, en cambio, te morías por ir. Hasta te frotabas los dientes con salvia. De Valchiria ya ni hablamos: se ponía zapatos con un tacón de diez centímetros y preciosas faldas acampanadas debajo de un «Romeo y Julieta», un conjunto de chaqueta y jersey de punto. Ahora lo llaman *twin-set*, fíjate. Es verdad, era la reina de la sala, destacaba entre las demás chicas y dominaba a su bailarín llevando ella el paso, pero todos los chicos querían bailar al menos una vez con ella.

Al terminar la fiesta respirabais un bochorno de sudor evaporado, humo, alientos en libertad, todos los vapores humanos recalentados y condensados bajo la bóveda ennegrecida. Alguien salía a observar el tiempo y la posición de la luna en el cielo y, tras volver a entrar con el olor del frío pegado a la chaqueta, decía vámonos. Faltaban pocas horas para el amanecer y para la primera comida de los animales.

Los odiaba cuando me obligaban a participar en los ritos tribales, como yo solía llamarlos. Me convertían en una hembra expuesta a machos biológicamente maduros para la reproducción. Odiaba que pudieran elegirme de aquella manera, pero sobre todo la odiaba a ella, mujer, que aceptaba someterme a los intereses de aquel mundo limitado. Ella estaba más evolucionada, era más abierta y, sin embargo, seguía atada a la sumisión y al deber.

Rebelde por obligación, mi arma era la antipatía. Me aislaba pensando en el día siguiente, cuando leería con mi erre uvular un poema francés en el silencio de la clase.

Cuando era joven, las carencias afectivas de mi madre no me pesaban, o me pesaban de una forma para mí desconocida. Fue ahí cuando dejé de desearla. Cuando dejé de observarla a todas horas. Solo la noche antes de un examen de Mates volvía a dormir en su cama.

Por aquel entonces, eran otras cosas las que me inquietaban. Su casi repentina necesidad de control, el ansia en el cuerpo. Si no conseguía hacerme cambiar en un día, me perdería para siempre. Había ocurrido hacía mucho y ella no lo sabía. Escogía aquel momento para educarme de un modo algo febril y autoritario. Al principio intentaba hacérselo entender por las buenas, pero, cuando no me daba respiro, yo le ofrecía respuestas reflejo, discrepantes, que la hacían empecinarse en sus banales pretensiones de que yo dejara el baño limpio y los platos lavados. En la cuestión de las tareas de casa librábamos la ancestral batalla entre madre e hija, agravada por nuestra historia vivida. Con tal de no desobedecer, iba a segar, a recoger el heno, incluso a labrar. Prefería, con la perpleja complicidad de mi padre, partirme la espalda en tareas que me iban grandes: limpiar el establo de las vacas —enormes carretillas repletas de mierda fresca—, pero no la cocina. Cuando volvía a la era subida en un carro rebosante de hierba recién recogida, desde lo alto le sostenía la mirada centelleante. Mi padre apagaba el motor del tractor. Y ella: quitaos los hierbajos del pelo.

Nunca quise aprender a hacer la pasta a mano, ni el pan. No sé coser el bajo de los pantalones, pero sé conducir el tractor. Esperina habla siempre de algunas coetáneas mías que limpian la casa y acaban rápido las tareas, porque también trabajan en la fábrica Minerva. Mi prestigioso estudio profesional no le interesa mucho.

Tengo que ir a verla cada dos o tres días. No soporto separaciones más largas, tengo miedo de perderla. Me imagino que se hunde de un momento a otro, como le pasó a la madre de Rita, que una mañana hizo sus necesidades en el rellano y se sentó allí mismo a esperar. O como la anciana Lisetta, que se arrancaba mechones de pelo y los ocultaba entre los espaguetis con tomate.

Subo la escalera a toda prisa, abro la puerta de par en par y echo un rápido vistazo a mi alrededor para asegurarme de que la cocina y el comedor están más o menos en orden. Tengo que pensar que soy capaz de controlar la evolución, o involución. Tras una inspección superficial, abro el horno, el escurreplatos y la nevera, luego me dirijo a la habitación y me dedico a los cajones. Encuentro unas bragas sucias entre las camisetas planchadas.

Hoy vamos a hacer juntas un trabajo. Nada demasiado difícil, no te asustes. Ya sé que te gusta más que te cuente cosas, pero los cajones de la cómoda de tu habitación están hechos un desastre y tenemos que ordenarlos.

¿Te acuerdas de lo desordenada que era yo de joven? No, de pequeña no, más tarde, cuando tú y yo empezábamos a discutir cada vez que entrabas en mi habitación. Lo nuestro era una especie de guerra, ¿verdad? Yo no toleraba intrusiones en mi territorio y tú no me perdonabas el caos. Una vez, como castigo, no me dejaste ir a la fiesta estudiantil, donde habría podido bailar el *shake* en lugar de la mazurca. Me había pasado una semana entera batallando para que papá me diera permiso. Estuve tres días sin dirigirte la palabra, sin comer nada. Bueno, nada tampoco, comía a escondidas. Hasta desteñí con lejía la falda de flores que me habías regalado por mi cumpleaños. En aquella época se llevaban mucho, con los zuecos de madera y el bolso de cuero con el nombre Vera Tolfa. Le pediste ayuda a la tía Clarice para hacerme desistir de mis represalias y ella vino expresamente para pedirme que volviera a comer. No supe decirle que no a aquella carita de ratoncillo hervido.

Pero mira qué tengo, he traído etiquetas adhesivas, podemos escribir lo que contienen los cajones y luego pegarlas. Y cuando tengas que guardar la ropa limpia, lees las etiquetas y así no te equivocas de cajón.

En el primer cajón CAMISETAS DE VERANO; en el segundo, que es más grande, JERSÉIS DE INVIERNO. Aquí se ha roto un tirador, tendremos que cambiarlo.

Lo sé todo de esta casa. Al lado de la chimenea hay una baldosa desportillada, se nos cayó la olla con la salsa de los macarrones para celebrar la trilla hará unos veinte años. Había venido muchísima gente a trabajar, tuvimos que improvisar dos kilos de espaguetis con ajo y aceite. En mi habitación de cuando era joven, la persiana se atasca en un punto determinado, no hay que bajarla del todo. El grifo de la bañera marca el paso del tiempo gota a gota y va dejando un rastro de cal sobre el fondo rosa. Se pierden los contrastes; la falta de uso y el polvo vuelven iguales todas las superficies, atenúan colores ya envejecidos. La grasa incrustada en los fogones arde cada vez que se encienden, se vuelve más negra y difícil de quitar.

Me niego. Llamo al fontanero, compro productos. Barro, quito el polvo, rasco, friego el suelo. Limpio la nevera y esta vez encuentro en el estante central una tapa solitaria. Me empeño en enseñarle cómo se usa el lavavajillas que le compré el año pasado, solo hay que apretar un botón. Ella dice que son cuatro platos, que acaba antes si los lava a mano, pero les pasa el estropajo y los pone a escurrir sin haberlos mojado.

Echo un vistazo a mi alrededor con los ojos de mi madre. La casa se vuelve extraña, hostil. Esconde cosas, se burla, no es segura. Vive en ella una fuerza maligna que crea caos y le da órdenes extrañas. ¿Dónde dejar la cazuela limpia que tiene en las manos? En la nevera la recibe la luz encendida, el zumbido sereno de siempre. Ahí están los huevos, en fila de seis como si fueran soldaditos; imposible equivocarse, en esas formas no se puede poner nada. Como mucho, se pueden confundir los huevos más frescos con los menos frescos, ¿cuál es la fila de los huevos del día, la primera o la última? Mientras, deja la cazuela junto al queso *scamorza*.

Ya no me fío mucho de los huevos. A Giovanni solo se los doy si son recién cogidos. El orden de los cajones no durará más de una semana.

El cuerpo también se ha convertido en un extraño. Ya no recuerda si ha comido, si tiene que lavarse. Todos los días descubre, con la misma sorpresa, el segundo dedo del pie derecho, que se levantó ya hace años y se superpuso al dedo gordo. Se pone el jersey de lana una bochornosa mañana de agosto. No sabe que tiene calor.

En la mente le ocurre de todo. Por lo general, pero cada vez con más frecuencia, habla del dolor en el costado donde ya hace muchos años le cayó una viga. Se aparta los mechones para enseñarme que el pelo le crece cada vez menos. Se consuela pensando que aquella vieja fractura es el origen de todos sus males. A veces describe su mente como un hormiguero, luego ve la consternación en mis ojos y repite que no me enfade.

Me habla de ese fuego que arde justo donde ahora está tocando con el dedo medio deforme y me anima a que palpe yo también el punto en el que recibió el golpe de la madera. Allí salta la chispa y, durante unos instantes, la llama es tan pequeña como la de una cerilla, el calor es intenso y delimitado. Ella espera con los ojos cerrados y los labios apretados. De golpe estalla el incendio, como si alguien hubiera rociado con gasolina una pradera reseca. Imita la explosión de la llamarada: ¡BRAAM! Me pregunta por qué. Muevo los labios en silencio en busca de una respuesta aceptable. Y vuelvo a cerrarlos.

Observo ese pobre cráneo repleto de alboroto y deseo que al menos el fuego acabe con las hormigas.

Así que te enamoraste de Cesare, mi padre. ¿Cómo pudiste? ¡Es tu primo! Porque apenas os conocíais, por eso. Él vivía valle abajo, a muchos kilómetros de sendero entre los campos. Os reencontrasteis en el baile de Galeotto, de repente mayores y deseables. Luego hubo otros bailes y cada vez fijabais una cita secreta e incierta, en el torrente, en el bosque de hayas, o en all'Acquasanta.

En casa decías que ibas a casa de Tubbiole a comprar cuajo o levadura madre, pero te dirigías al lugar convenido. A veces él aparecía por sorpresa en los pastos que estaban debajo de Pietra Lunga, el balcón adriático del monte Camicia. En una ocasión, en cambio, fue Fioravante el que os sorprendió a los dos cuando, de camino para marcar a los corderos, cayó como un rayo sobre vosotros, muy juntitos en una piedra hablando en susurros. Tu Ulises consiguió meterse entre el rebaño justo a tiempo y así huyó, de oveja en oveja, mientras tú distraías a Polifemo y respondías «nadie» cuando te preguntaba si había venido alguien.

Vuestro amor se topó siempre con muchos obstáculos, siempre bajo lupa. Surgió el tema de la consanguinidad, pero no se consideró relevante. Cesare era el hijo mayor de Maria Concetta, una hermana de Serafina. Las familias, en cambio, sí debían ser compatibles en cuanto a su historia y su apego al trabajo. Los patriarcas buscaban el acuerdo: tu madre los llamaba la lima y la escofina, dos personalidades iguales. Pero iguales no eran: Fioravante era un dictador comunista, diría yo, y Rocco, fascista.

No, el melón no me lo llevo, aún no hemos terminado el que me llevé el otro día.

Tras obtener el reacio permiso de su tío, Cesare podía ir a vuestra a casa a festejar contigo. Llegaba después de la cena, a veces antes. En invierno cenabais a las seis, luego transcurrían plácidas las horas de oscuridad sin que os entrara sueño, sentados en dos sillas muy juntas al lado de la gran chimenea, charlando en voz baja. Delante de vosotros dormitaba Fioravante, con la barbilla apoyada en el pecho y un ojo entornado como un gato desconfiado. Entre burlas y risas, tus hermanas se asomaban desde la habitación en la que las habían confinado. A Nives le entraba sed cada diez minutos. Sobre la mesa ya recogida solo quedaba una vela encendida, que os iluminaba las mejillas. El resplandor de la llama que de vez en cuando alimentabas con un nuevo tronco se reflejaba en vuestros ojos y en vuestra sonrisa. Tu padre se revolvía en sueños, farfullaba algo. Movíais las piernas para que no se os durmieran, pero, cuidado, tú siempre muy recatada y con las rodillas juntas, que llevabas falda.

No, el melón no me lo llevo, aún tenemos el otro. La noche avanzaba. Serafina había sustituido a Fioravante en la silla para su turno de guardia, dormía mirando hacia el techo con la boca abierta y la labor de costura en el regazo. Nunca en su vida tuvieron un sofá. La cabeza atravesaba fases de inestabilidad, de repente caía hacia abajo o hacia un lado con movimientos bruscos acompañados de ruidosas inspiraciones, para luego recuperar una postura firme. Y vosotros allí sin dejar de hablar, ahora ya en susurros, junto al calor cada vez más débil del fuego.

Se os hacía tarde de repente, Cesare se levantaba y decía buenas noches junto a la oreja de la tía, que se despertaba sobresaltada. Alguna vez incluso se había pinchado con la aguja. Luego tu héroe abría la puerta a una luna cruel y se enfrentaba al regreso. Tú lo veías alejarse caminando por senderos helados mientras apagabas los tizones del fuego.

No me lo llevo porque en casa tengo otro que hay que terminar.

Te casaste el 27 de diciembre de 1960. La Iglesia tuvo que concederos un *nihil obstat* especial por el tema de la consanguinidad.

La modista, Fafina, te había hecho un vestido sencillo, un poco por debajo de las rodillas, y un abrigo blanco. En Montorio compraste zapatos y bolso, todo blanco. Unas cuantas noches antes, amigos, vecinos y los parientes del lado Scialomè llegaron a tu casa paterna para una pequeña celebración en la que te entregaban los regalos. Un par de días más tarde, lo mismo en casa del novio. Para él, vajillas y juegos de vasos; para ti, objetos con los que completar el ajuar, recogidos en un inventario que Nives había redactado para entregar a tu suegra medio analfabeta. Mira, lo he encontrado en el fondo de un cajón. Cinco mantas, diez juegos de sábanas, paños de lino, no te lo vas a creer, cien, suficientes para las menstruaciones de toda una vida. Era la costumbre. Las familias preferían cruzar el límite entre la pobreza y la miseria antes que quedar mal con los suegros. Serafina no, estaba atenta, y, además, su consuegra era también su hermana. La invitasteis un domingo a ver el ajuar expuesto sobre la cama de tus padres, todo adornado con lazos blancos hechos con pañuelos. Lo mismo que los corderos y los pollos vivos destinados a las familias de los novios, lo mismo que los cestos repletos de toda clase de manjares que los parientes traían como obsequio para reponer las despensas vaciadas durante las cenas previas a la boda.

De la tormenta de lazos de tus hermanas no pudo librarse ni la yegua, que te llevó con el lomo cubierto por la capa buena a través del sendero que iba desde tu casa hasta la calle transitable. Allí os esperaba un autobús, alquilado para la ocasión, que hizo una ruta entre Colledara y Tossicia para recoger a los invitados en varios puntos ya establecidos. Fioravante blasfemó también aquel día porque los pantalones que le había confeccionado el famoso artesano de Colledara eran más cortos de una pernera; hubo que retocar la otra para igualarlos. Dijo que a él el Señor lo había hecho bien y que era el sastre quien lo había estropeado.

Estabas radiante, saludabas a todo el mundo desde la ventanilla. No es cierto que todas las novias son guapas.

En Tossicia, a las once en punto, el párroco ya estaba listo. La iglesia de Santa Sinforosa estaba perfumada de incienso, y vosotros, delante del altar. Cesare trataba de calmarse apretando los dientes y tensando los músculos de la mandíbula. Desde la hornacina situada junto a la segunda columna a la izquierda de la nave central, la talla de la Virgen reclinada, del siglo xv, os observaba perpleja en su leñosa inmovilidad. Dedicada a la Divina Providencia, no sabía aún que años más tarde la robarían y luego la revenderían en un mercadillo de Londres.

Te volviste con un movimiento rápido del cuello hacia el primer banco, donde se sentaban tus padres y tus hermanas. Faltaba una. Estaba al fondo de la iglesia, en el rincón más oscuro, escondiendo su desgracia al mundo y al Dios que no la había protegido del fuego. Durante un único segundo se arrepintió de no estar muerta. A Serafina le faltaba en el corazón, la buscaba con mirada inquieta, pero ella no se dejó ver hasta el podéis ir en paz para no estropearte la ceremonia. Después de la fotografía delante de la iglesia, marcada por la misma ausencia, el autobús os llevó a todos a casa de la novia. Hasta donde pudo, claro. Nina la Torcida, fiel yegua, llevaba horas esperando mientras mordisqueaba la escasa hierba y trataba de espantar aquellas enormes moscas, blancas y desobedientes, que las amas Valchiria y Clorinda le habían atado aquella mañana a la cola y a las orejas.

Ya hacía dos días que Maria la Espantainfiernos, cocinera de las grandes comilonas de la comarca, estaba preparando el banquete nupcial con la ayuda de las mujeres de la casa y unas cuantas vecinas. Dada la ausencia de neveras, prefería trabajar en invierno, obsesionada ante la idea de que las carnes se llenaran de larvas de mosca. Recomendaba una y otra vez a sus ayudantes que taparan los alimentos, crudos y cocinados, con viejos manteles limpios. Custodiaba con el mayor celo un envoltorio en el que guardaba los ingredientes que no podía encontrar en casa de las familias campesinas: mantequilla, *mozzarella*, anchoas en aceite, parmesano y ciertas especias misteriosas. Utilizaba cantidades desmesuradas de pimienta.

Para ti había preparado un entrante a base de embutidos, queso *pecorino* de la casa y buñuelos en forma de flor. A continuación, un cocido con carne de oveja al romero. Mientras comía ese plato, Diamante se rompió un incisivo ya cariado con una astilla de hueso oculta en la salsa. Se pasó toda la tarde con la mano delante de la boca.

Los primeros platos empezaban con la ya tradicional *stracciatella*, la sopa de huevo y queso con caldo de gallina, seguida del cocido. A continuación, un pesado timbal rojo con los menudillos del pollo cortados en trocitos, *mozzarella*, huevo duro y parmesano. Para acabar, *tagliatelle* con ragú de carnes variadas, servidas más tarde con guisantes.

Una vez devorados los *fettuccini* de rigor, todos se levantaron para seguir el consabido reto de Vittorio Giuvidì a sí mismo. Conseguía zamparse tres platos de pasta en todos los banquetes a los que se atrevían a invitarlo, pero aquella vez se superó a sí mismo con cuatro. Porque eran mejores que todos los demás, dijo entre las risas de quienes lo animaban.

Después de cada plato, paseabas entre los comensales para darles las gracias, preguntarles si les gustaba la comida, asegurarte de que en la mesa no faltara pan ni vino. Corrías un momento a buscar una botella de agua. Y hablabas, hablabas con todo el mundo y eras tan feliz que hasta te olvidabas de comer. Cesare se cansó de seguirte; al llegar el cordero al horno con patatas, te acarició furtivamente una mejilla y se fue a una sala vacía a jugar al burro con sus amigos.

La *pizza* dulce de cien huevos con relleno doble de crema pastelera y crema de cacao llegó a la mesa cuando ya había oscurecido, bañada en alquermes y marrasquino.

Extenuados ante aquella insólita abundancia, los parientes se llevaron un cucurucho lleno de raciones de timbal, sobras de carne y, en paquetes separados, porciones de tarta para los familiares y para los siguientes días. En un bolsillo de la ropa, cinco peladillas de Sulmona envueltas en papel de seda, detalle al que tu madre no había querido renunciar en la boda de su primogénita.

Los primeros dos años vivisteis en casa de tus padres. Nací una tarde de febrero en la que caía aguanieve, de las manos de la misma partera, Rosetta, llegada desde Tossicia a lomos de otro mulo. Cesare se llevó una decepción porque esperaba un varón y se negó a verme durante tres días. Luego se asomó a la cuna y se enamoró de mi boquita de piñón. Cuando de adolescente luchaba contra el vello del labio superior, pensaba que la culpa era de Cesare, que había deseado un varón. Y tú... ¿cómo te atreviste a fajarme? Yo quería patalear. ¡Lo necesitaba! Te obligaron, para evitar las piernas torcidas. Pero cuando yo tenía cuarenta días te diste cuenta de que, en vez de llorar como de costumbre, te fulminaba con la mirada, así que dejaste de hacerlo.

Me convertí en la muñequita de tus hermanas pequeñas. Lloviera o hiciera viento, todos los días volvían del colegio para poder cogerme en brazos. Cuando me cansaba de pasar de brazo en brazo y de sus gritos de «DÁMELA A MÍ, DÁMELA A MÍ», les arañaba la cara.

¿Que cómo puedo acordarme de todo? Porque me lo contaste tú hace muchos años.

La campesina vestida de negro vigila las ovejas que pastan.

Las ha dejado pastorear entre las hileras de octubre: ahora pueden hacerlo sin causar daños y sorprenderse ante el sabor dulce de algún racimo de uva que ha eludido la vendimia. Es tarde, la mujer guía al escaso rebaño concentrado en la comida hacia el camino de tierra que por un lado se dirige al establo y la casa, y por el otro, muy lejos. Contempla las paredes blancas iluminadas por la última luz del día y, en lugar de irse a casa, se aleja por el camino. Llega a la cima de la colina, envuelta en el atardecer, y desciende por el otro lado. Los pies se le hunden en el prado, luego las rodillas, las caderas cimbreantes, la cintura, los hombros, toda entera. Solo queda un halcón, que sobrevuela el lugar.

He soñado el fin de mi madre. Unas cuantas imágenes sin historia, donde un horizonte de hierba la engulle lentamente. Me asustaba el sitio, por allí no hay que ir, se llega enseguida a profundos barrancos y al despeñadero de Santa Colomba, sitios que solo sirven para morir. La mujer no se parecía mucho a ella, pero estoy segura de haberla reconocido por su modo de moverse, de estar viva. Se ha ido perdiendo a fragmentos con el tiempo, igual que su memoria. Se limita a existir, a estar.

Anoche soñé contigo. Iba a buscarte con Giovanni, pero no veíamos a nadie, solo el camino de tierra que atravesaba el campo verde pálido sobrevolado por un halcón. Y entonces apareciste en la ladera oculta de la colina: primero la espalda, luego la cabeza, la cintura, las caderas cimbreantes, toda tú. Como un sol que aparece y de repente se convierte en un círculo de luz sobre la línea de la tierra. Ibas vestida de negro, con un delantal a cuadros y unas botas de agua. Te seguían las ovejas, pastando pastando. Giovanni corría feliz hacia ti. Cuando estábamos cerca, me daba cuenta de que llevabas dos corderitos blancos de pelo rizado entre los brazos. Nacieron ayer, dijiste.

Sí, eras tú. Solo algo más joven.

Pero volvías de Santa Colomba. ¿Por qué habías ido allí sabiendo lo peligroso que es? La abuela Serafina decía que por aquel despeñadero caían almas y animales.

La pesadilla que he reescrito para ella le ha sentado bien. El dolor de cabeza de hoy llegaba a ráfagas violentas, dice. Se encarnizaban con un punto concreto, como si quisieran extirparlo, y luego con otro, sin pausa, haciendo gala de la misma ferocidad. Ahora el viento se ha calmado en el bosque y de lejos apenas se oye un susurro de fondo, amortiguado. Pero ella me ruega que la crea, me dice que hasta hace un momento el dolor mordía como un lobo cuyos dientes solo ahora han soltado la presa. La narradora de otros tiempos me habla de los andares del animal derrotado, que se marcha con el rabo entre las patas y se vuelve a mirar atrás con las orejas gachas.

Lo ha hecho huir algo de lo que he dicho, pero no recuerda qué. Le hago una sugerencia. Se ríe ante la idea de que sean los corderitos los que han echado al lobo, el viento y la migraña. *Agnus et lupus.*

La ayudo a buscar la caja metálica en la que guarda ovillos de lana y ganchillo. Pasaba las noches haciendo ganchillo, tejiendo manteles, cortinas, centros de mesa de todas las formas imaginables. Seguía complicadísimos patrones en *Tutto filet.* En mi armario conservo una exquisita colcha blanca tejida con hilo Freccia del número dieciséis. No la he usado nunca porque me da miedo estropearla. Algún día la heredará Giovanni. Está formada por setecientas piezas hexagonales, cada una de ellas con una rosa en relieve, cosidas entre sí y decoradas con un borde. Clorinda pequeña quería ayudarla al principio, pero después de unos cuantos hexágonos de prueba se rindió ante el perfeccionismo de mi madre, que encontraba los puntos de la hermana demasiado sueltos. Ella sola tardó dos años, durante los cuales dedicó todos sus ratos libres a tejer: por las noches delante del fuego, durante las horas en que llevaba las ovejas al pasto, en la sala de espera del médico... No le presté atención a ese trabajo continuo. Ni siquiera le di las gracias.

Retira la tapa de la caja de galletas danesas y coge una larga cadeneta en la que se alternan al azar puntos altos, bajos o muy bajos. Allí donde se perdía, rompía el hilo y volvía a empezar, se nota por los nudos. Es como la tela de una araña enloquecida.

Búscame un patrón, me dice. Ya lo hemos probado, incluso los más sencillos le cuestan. El hilo se vuelve extraño, hostil. Desobedece y se burla, ya no lo domina. Le ordena cosas raras, no es seguro.

Podría sentarme a su lado y dictarle un punto alto, tres cadenetas, tres puntos bajos. Con la cabeza muy cerca de la suya, rozándola, podría observar de vez en cuando la obra que va aumentando de tamaño entre sus manos, apreciarla. Pero aún no he decidido dedicarme a ella.

Cuando muera, ahondaré en la culpa que voy acumulando día a día. Estará lista para su funeral.

La culpa está vacía. Es el vacío de mis omisiones. Omito darle mi amor, mis manos. Le niego los cuidados que más necesita.

Le suministro su historia y, cada doce horas el hidrocloruro de memantina en comprimidos divisibles de diez miligramos, con la discreta esperanza de que frene la degeneración de las neuronas.

Fioravante y Cesare eran como dos gallos de pelea. La convivencia terminó una noche de verano tras una discusión sobre el momento de la trilla. Cesare descargó un puñetazo sobre la mesa y rompió la madera y su propia mano. Nos fuimos a vivir con el otro padre, un hombre duro, patriarca de una familia y dueño de unas tierras también pobres, formadas por campos en abrupta pendiente y bastante lejos unos de otros. El más fértil de todos, De Contra, se hallaba al otro lado del río.

No era suficiente. Hubo amaneceres duros en los que me despertabais para que me despidiera de papá y de los tíos que se marchaban. Desde el rincón en el que me refugiaba, entre el fregadero y el hogar, asomaba la cabeza con el pelo aún revuelto y contemplaba las maletas junto a la puerta, tus lágrimas silenciosas, el abrazo recatado. Intercambiabais una única oración: vigila a la cría, cuídala bien. Me restregaba los ojos hinchados por el sueño interrumpido y las ganas de llorar. Contemplaba el perfil antiguo del abuelo, la mandíbula apretada, como si no sintiera emoción alguna. Los hijos, por su parte, le ocultaban las suyas. Era necesario. Nuestros emigrantes tenían trabajos temporales: volvían antes de Navidad y se marchaban de nuevo en febrero, hacia Alemania o Suiza. Durante los últimos días de enero, la atmósfera de nuestro hogar se enrarecía a la espera de un nuevo contrato, de una hoja de papel amarillo escrita en alemán de la cual solo comprendíamos la fecha en la que debían volver a la fábrica. Al abuelo Rocco no le entusiasmaban aquellos países europeos, él habría elegido Estados Unidos y siempre se lamentó de que en nuestra familia no hubiera «ni un solo americano».

En casi todas las casas había muchachos jóvenes, solteros o casados y con hijos, que emigraban. El primogénito se quedaba con el patriarca para sacar adelante las tareas del campo y criar a los hijos de los hermanos emigrados. Ese era mi padre. Pero durante unos cuantos años, cuando el abuelo aún podía arreglárselas con la ayuda de las mujeres, él también emigraba. Yo tenía una idea muy vaga de mi padre empleado de fábrica, pues nunca hablaba demasiado de eso. Contaba que vivía con otros italianos en barracones de madera situados cerca de la fábrica, que dormían en literas, que eran muchos en la misma habitación. Se arreglaba los pantalones del trabajo con cinta adhesiva resistente al agua y la traía a casa como el mejor ejemplo de la proverbial eficiencia teutónica.

Mira las fotos, se los ve contentos, ¿no? Ahí lo tienes, tumbado en la cama en camiseta de tirantes, y aquí muy ocupado cortándole el pelo a un compañero de habitación. En esta otra señala como un tonto la foto de una mujer medio desnuda en una revista. ¿Y aquí? Cuando fue con un amigo calabrés a visitar un campo de concentración, puede que Dachau, no se acordaba muy bien cuando lo contaba. Los dos la mar de elegantes, con el bigote perfectamente recortado, se hicieron una foto delante de la verja, al lado de la entrada de los hornos crematorios. Por la cara que ponen, a mí me parece que no entendían muy bien dónde estaban.

Este de aquí es el tío Umberto, que era jardinero en Suiza. Tiene gracia, ¿verdad? Un campesino acostumbrado a cultivar plantas comestibles para personas y animales paseándose con garbo entre setos y parterres y dedicándose a podar rosas. Una vez estaba cortando el césped de un bloque de pisos cuando le entró un violento estornudo, le salió disparada la dentadura postiza y entró por una ventana abierta de la planta baja. Como no había nadie en casa, le tocó colarse a hurtadillas para recuperarla, temblando ante la idea de que lo sorprendiera la inflexible policía helvética.

La espera del regreso flotaba en el aire durante semanas: tú siempre sonreías, los perros estaban atentos y hasta el abuelo se mostraba menos desabrido. Y, de repente, una noche estaban allí, agotados tras un viaje en tren, autobús, «coches de plaza» y un último trayecto a pie. Conservo el recuerdo de aquellas maletas que se habían marchado medio vacías y regresaban llenas a reventar, atadas con cordel por precaución; el abrigo rígido por el frío extranjero, los pantalones de tergal con la raya aproximada. Cesare olía a loción de afeitado barata, pero dominaba el aroma opulento y triunfal del mítico chocolate suizo, que le impregnaba hasta el pelo. Ah, la dulzura suprema de un día al año.

Besos a los niños, con las mujeres el mismo pudor que el día en que se habían marchado, y con el abuelo, una compostura viril. Mi primo y yo nos restregábamos sin recato contra ellos hasta que nos cogían en brazos. Desprendían el hedor metálico de vagones de tren que nunca habíamos visto.

Después de cenar, nos sentábamos todos junto al fuego y ellos se mostraban algo más locuaces que de costumbre, mientras la luz de las llamas iluminaba aquellos rostros marcados por un cansancio distinto. Descosías con paciencia el bolsillo secreto en el forro interior de la chaqueta. Era el dinero para marcharnos algún día, comprar tierras en una única parcela, sin piedras ni márgenes para poder trabajarlas con el tractor, quizá hasta irrigarlas.

Lo único que queríamos los niños era abrir las maletas y arrancarles sus tesoros para después poder sumirnos en un sueño profundo, sin pesadillas, con las mejillas acaloradas y la boca abierta, embadurnada de chocolate.

Más tarde, cuando ellos también se iban a la cama, la intimidad conyugal les devolvía los olores que habían dejado atrás, a heno maduro y establo de invierno, enredados en el pelo de sus esposas.

En cuanto amanecía iban a ocuparse de los animales, los examinaban con la mirada imparcial de quien ha estado fuera, contemplaban satisfechos el aspecto de las parideras y sus crías. Ya con el día más avanzado, se iban a los campos a confirmar la precisión de los surcos trazados por otro, la inmovilidad reconfortante de la tierra. Y nosotros, los niños, siempre revoloteando a su alrededor.

Como niños que éramos, nunca comprendimos por qué se marchaban. La necesidad de dinero no nos afectaba. Encerrados en nuestro mundo delimitado por árboles, nubes y soledad, nos despertábamos temprano por la mañana, bebíamos la leche de las vacas que estaban en la planta baja y mojábamos en ella el pan hecho en casa, lo mismo que la pasta que comíamos a mediodía y casi todo lo demás. De fuera nos llegaba algún que otro regalo, por ejemplo muñecas para mí, pero el resto de los juguetes eran de tierra, de madera, de fantasía. La marcha de nuestros padres era cada vez un adiós, un luto, una traición a nuestros corazones.

Decíais que la ausencia duraba menos de un año. Nosotros, casi recién llegados, ignorábamos la unidad de medida de la vida. Nos parecía eterno.

Ya las encontraremos, no te preocupes. Claro que estoy segura, porque las has perdido aquí dentro y no son tan pequeñas como para desaparecer sin más. Te lo prometo, ahora las busco bien. No, no están en la nevera, la he abierto porque tenía sed. Mientras, compramos unas de repuesto. Todo el mundo tiene dos pares, por si las pierdes o se te rompen. A mí también me desaparece la ropa en casa, ¿te lo puedes creer? Este verano, una camiseta que me gustaba mucho.

Gafas igual a equis igual a... Ninguna ecuación me ayuda. Las busco en estas habitaciones que se parecen a su mente. Nunca se me ha dado bien encontrar las cosas, no tengo esa capacidad visual. Y ella las pierde cada vez más a menudo. La semana pasada fueron las llaves de la despensa. Siempre las dejaban en la puerta, pero en algún momento debió de quitarlas. Mi padre tuvo que romper la cerradura mientras se acordaba de medio santoral y, allí estaban las llaves, relucientes sobre el suelo de ladrillo.

Cesare está aprendiendo a tener paciencia. Se adapta día tras día a esta mujer tan distinta a la que nos ha organizado la vida. A su manera rústica y torpe, sucumbe incluso a la ternura. La llama, con cariño, patosa y vaga. Coge la escoba como si fuera una pala y se pone a barrer con gestos diligentes, listo para esconder esa herramienta tan poco masculina si oye a alguien subir por la escalera. Intenta cocinar, experimenta, pide consejo. Sobre todo copia lo que, distraído, ha visto hacer en los fogones. Se excede con la sal y con la cocción, pero tiene talento. Se lo digo y él niega con la cabeza: es por necesidad.

Cuando llego, después de comer, están durmiendo en el sofá, el uno un poco encima del otro, medio entrelazados. Aunque lo parezca no es un abrazo, es lo único que se pueden permitir. Son marido y mujer en el sueño, muy lejos de mí. Los miro: el setentón indómito y la luna dolorosa.

Él estalla de vez en cuando, libera los gritos que lleva dentro. Da rienda suelta a esa desesperación que no sabe cómo llamar. Reprimo mi rabia idéntica a la suya, la trituro entre los dientes. Lo regaño, le digo que no lo hace a propósito, que es una enfermedad. Y mientras pronuncio esas palabras, espero que me convenzan también a mí. Si tuviera cáncer o diabetes, no seríamos tan crueles con ella. No le perdonamos que haya perdido el control de sí misma, de nosotros.

Tu tía-suegra, en cambio, era dulce y maternal. Me pusisteis uno de sus dos nombres, un poco cambiado. Maria Concetta se sometía con ligera indiferencia al poder del marido. Aunque se fingía tranquilo cuando estaban juntos, ella le inspiraba un extraño temor. Era cómplice declarada de los hijos, sobre todo de la única niña, la más pequeña de los cuatro, y luego también tuya, cuando llegamos. Tras la borrascosa convivencia entre Fioravante y papá, por fin conocimos un poco de paz.

La abuela vivió poco. La operaron en Teramo de una apendicitis normal y corriente, pero no se recuperó. Septicemia, dijeron los médicos. La ambulancia la llevó a morir a un hospital de Nápoles. Una vez allí, no te separaste de ella ni un momento durante los últimos días de fiebre y agonía. Pronunciaba entre delirios los nombres de sus hijos. Regalaste el queso *pecorino* que te habías traído de casa a una anciana que iba a visitar a su hermana ingresada. A cambio, ella te preparaba bocadillos, te consolaba en tu dolor y en tu miedo.

Le enviaste un telegrama a Cesare, que estaba en Alemania. Cuando llegó, el cuerpo de su madre aún estaba caliente bajo la sábana blanca que lo cubría. Se marchó enseguida tras el funeral, pues necesitabais dinero para pagar el traslado de Maria Concetta desde Nápoles a Tossicia y todo lo demás.

Le hiciste de madre a Lucianella, solo siete años más joven que tú. Antes del luto, por las noches, yo me quedaba dormida en sus brazos mientras hundía los dedos en sus rizos apretados, pero después ya no: notaba en su cuerpo la pérdida. En cambio, le toqueteaba las mejillas tristes con las manos pegajosas y le daba golpecitos con la palma abierta, como si fueran caricias o palmaditas de consuelo. Así lo cuenta la tía.

Me lo preguntas muchas veces, pero yo era demasiado pequeña para acordarme de la abuela. Tenía apenas dos años. Conservo una imagen, solo una, pero puede que no sea ella. Una mujer de mediana edad sentada en una silla de paja, muy compuesta, con una mirada de intensa concentración en el rostro. Lleva un vestido de algodón gris, con estampado de flores minúsculas. Mira hacia mí, o hacia el objetivo de un fotógrafo que está a punto de hacerle un retrato. Era la costumbre de la época. Tú me contaste que cada vez que bajábamos a Montorio, yo echaba a correr hacia el estudio Sestili. Un día no quisiste entrar, porque no llevabas bastante dinero y porque yo no iba bien ves-

85

tida. Grité tanto por las calles del pueblo que al final cediste, muerta de vergüenza. Le preguntaste si podías pagar cuando fueras a recoger la foto y mírame, aquí estoy, con los zapatos sucios de barro, los pantalones arrugados y los ojos enrojecidos de tanto llorar. Fíjate, aún tenía las pestañas mojadas. Parece que lleve rímel, ¿verdad?

Bueno, ¿de quién estábamos hablando? De la abuela... No, de Serafina no. De Maria Concetta. No, yo era demasiado pequeña para acordarme de ella. Conservo en la mente la imagen de un fantasma con un vestido gris de flores, pero no sé si es ella. No nos parecíamos, o eso es lo que siempre me habéis dicho. Solo llevo su nombre, reducido.

No se encontraron fotografías suyas. Para su tumba, tuvisteis que recortar la foto de grupo de tu boda, pero no se la ve de frente y el pañuelo que lleva en la cabeza le tapa parte de la cara. Solo se ve de perfil: en el momento de la fotografía, te estaba mirando a ti con su hijo primogénito.

Durante toda su vida, Cesare ha invocado en sueños a su madre desaparecida; a veces es un grito o una llamada vehemente. En verano, después de comer, se tumba a descansar en el suelo del porche, dice que allí se está fresco. Cuando se gira para ponerse de lado, nota una punzada de dolor en la espalda y grita «¡ay, mamá!».

Hace unos cuantos años, el tractor se desplazó de repente y la oruga le aplastó el pie derecho y el tobillo. Se salvó gracias a los reflejos. Lo oímos gritar y cuando llegamos junto a él, estaba sentado en el suelo sujetándose el pie con las manos. Sudaba y alternaba una retahíla de «¡ay, mamá!» con las blasfemias más escandalosas.

La madre es el único silencio que responde a su dolor.

Mis padres siempre se han querido. Ella lleva tres fotos pequeñas de él en el monedero.

Respecto al vínculo que unía a la pareja, me sentía una actriz secundaria; su complicidad despertaba en mí celos de niña. A veces, mientras dormía junto a ellos, los oía. Me despertaban las turbulencias en la cama, la energía animal junto a mi cuerpo. Ella siempre estaba debajo, pasiva, como si se limitara a soportar. Él se movía con la fuerza brutal de un toro excitado.

De vez en cuando lo acompañaba a llevar la vaca en celo al único semental bovino de Tossicia. Cesare tiraba de la cuerda y yo la empujaba por detrás con un palo ligero para indicarle la dirección. La pobre estaba muy nerviosa y espumaba un poco por la boca.

Cuando llegábamos, papá me decía que esperara fuera y entraba en el establo con el dueño del toro. Me quedaba en la era, fantaseando. Me imaginaba un toro completamente negro, grande como un elefante y con el pelo reluciente de sudor montando a mi pobre vaca. Salía cansada, tranquila, le caía un hilillo de baba de la boca. Me parecía muy distinta, como si le hubiera ocurrido algo.

Mi padre reproducía a mi lado la potencia de aquel animal. Yo, con los ojos cerrados, rezaba para que terminara pronto, como durante el terremoto. Contenía el aliento y luego enseguida volvía a respirar de la forma más regular posible, convencida de que mi padre me hubiera matado allí mismo de haberme sorprendido despierta.

No creo que a ella le gustara nunca. Se lo debía de consentir como un desahogo necesario. Pero, de todos modos, se amaban. Ahora ella es mucho más dependiente, lo llama continuamente por teléfono cuando se queda sola en casa. Aún consigue marcar el número, copiándolo de una nota pegada a la pared. Otros días, en cambio, lo recuerda de memoria.

Es una mañana de domingo, temprano. De lejos, el huerto parece flotar en una neblina iluminada, pero cuando llego ya no la veo, ahora envuelve la casa. Por encima de la sierra del Gigante que Duerme veo jirones de nubes teñidas al vapor del alba reciente. Una sospecha de avión traza una línea de color rosa humo.

Aquí el olor es húmedo, a tierra agrietada y hojas. Las plantas se han secado hasta media altura, a partir de ahí aún están verdes. No han bebido en todo el verano. Los tomates están en lo alto, son pequeños, sufren el ataque de las chinches verdes. Empiezan a marchitarse por la parte opuesta al pedúnculo: les aparece una mancha marrón que se va haciendo grande y echa raíces en el interior. Arranco uno maduro, lo limpio con la manga y me lo como entero a mordiscos. Es acidulado, dulce, sabe a sol que se esconde y a esas primeras noches en las que se posa el rocío.

Son los últimos, los más sabrosos. Encuentro unos cuantos en el suelo, apilados. Mi madre debió de cogerlos ayer y olvidarlos aquí. Los selecciono. Luego me quito la camiseta, los pongo dentro y anudo las mangas.

Algunos de los melones se han abierto y se están pudriendo, nadie los ha cogido. Abonarán la tierra para el próximo huerto. Los que salieron tarde no llegan a madurar, no pasan de ser bolitas oscuras e inútiles. Las lechugas que no nos hemos comido se ensanchan y se ponen duras, ya no son buenas. Es una época de desorden, las hortalizas de verano ya han concluido su ciclo. Pierden la tersura, las hojas se marchitan y sucumben a la gravedad. Mueren la muerte silenciosa de los vegetales.

Mi padre lo limpiará todo un día de estos. Cortará las plantas a ras del suelo con la hoz y las apilará. Encenderá el fuego con dificultad, le llegará a la cara un humo denso y opaco. Un poco más allá, removerá la tierra de la zona que ya ha descansado y la dejará así hasta la nueva siembra, en primavera.

Mientras, aquí ya ha preparado el huerto de invierno, con los surcos perfectamente rectos y paralelos y los almácigos de lechuga, hinojo, coles y coliflores.

El día ya es radiante. Las bandadas de pájaros organizan migraciones bajo un cielo intenso. Mi madre me llama desde el porche, perpleja. Ya se le ha olvidado que nos hemos visto en casa, que nos hemos saludado. ¿Qué haces ahí?, me dice. Ya voy yo.

Me preparo para que me invadan.

Le propongo un paseo por el camino vecinal. Habla sin descanso, como siempre, con pausas breves en busca de un hilo o una respuesta. Quiere tomarla con alguien y elige al tío Remo. Vuelve a él a intervalos casi regulares. Me cuenta que la mira mal, que le habla en un tono muy maleducado, que es muy listo a la hora de eludir las tareas de una tierra que también es suya. Busca mi solidaridad, se encuentra mis reticencias. Ese es mi padre echado a perder, el emigrante que vivía lejos y ahogaba en alcohol la pena de permitir que a su hijo lo criara Cesare, mayor que él, más trabajador, el hermano que se había quedado en casa para encargarse de las tierras de la familia. Él no era el jardinero risueño entre los setos suizos, era el obrero hosco del que no tenemos fotografías.

A mí, más afortunada, me dolía que un padre estuviera con nosotros y el otro no; nunca protesté por alguna que otra indulgencia de más hacia Fabrizio, mi único e imperfecto hermano. Se lo debíamos.

No me siento capaz de arremeter contra mi tío. La decepciono. Ella lo intenta una y otra vez hasta que interrumpo su discurso. Le pregunto si le ha dado unos cuantos tomates a Grazietta, cuyo huerto se secó ya en agosto. Cuando llegamos a la altura de la hilera de moreras que marcan la frontera entre nuestra propiedad y la del vecino, me pregunta: ¿hoy no me cuentas nada?

Te cuento la cartera rojiza y la página del libro que me enseñaste la mañana del primer día de colegio. Se veían dos figuras y, debajo, una inscripción en letra de imprenta. Aquí pone mamá, me dijiste, y aquí, niños. Luego me acompañaste al colegio por primera y única vez. Durante el trayecto de dos kilómetros a pie, me sentía asustada. Pero lo de mamá y niños, ¿no se aprendía en el cole? ¿Ya tenía que saberlo antes? Te seguía silabeando, entre dientes, mamá, niños, esforzándome por recordar los signos correspondientes, todos aquellos palitos. Aprendí a leer por el camino, de memoria. Por miedo.

Algunas mañanas hacía un trayecto algo más largo para encontrarme con varios niños que venían de otros pueblos, pero por lo general cruzaba el bosque. Aún me daban miedo el viento y las tormentas; cuando hacía sol, me sentía feliz. El sendero discurría entre encinas y hayas, trazando suaves curvas. El musgo me indicaba el norte. Me detenía a recoger prímulas y ciclámenes para la maestra, a comer bayas, a observar atentamente las setas para luego describírselas al abuelo Rocco, que por la tarde iba a buscarlas. Un día, cuando un zorro cruzó de repente el camino, me quedé boquiabierta. Volví a verlo otras mañanas, siempre en el mismo punto. Cruzaba de un salto por delante de mis narices y luego se alejaba para volverse a mirarme desde una distancia segura. Nos observábamos durante un instante, solos los dos, en el bosque.

Los maestros venían desde muy lejos y por eso nunca llegaban antes de las nueve de la mañana. Encendíamos la estufa de terracota y empezaba la clase. En las aulas había alumnos de diversas edades, pero en cuarto me quedé yo sola y la maestra, Elsa, me puso con los de quinto todo el año.

Me gustaba leer. Si podías, me comprabas libros infantiles en Montorio, a escondidas. Gracias. Y la señora Imelda, que tenía una tienda en Tossicia, me enviaba de vez en cuando libros imposibles para una niña, rescatados del polvoriento almacén en el que guardaba mercancías de todo tipo. Después de comer, en la penumbra de mi rincón entre el fregadero y el hogar, pasaba las páginas, olía la tinta, acariciaba con los pulgares el grano del papel. Y a veces, si el libro era nuevo, me cortaba con los bordes de las páginas. Esperaba los de Imelda, tan viejos que quién sabe por cuántas manos habían pasado, llegados de quién sabe dónde, con las páginas amarillentas de óxido, repletos de huellas dejadas por los misteriosos lectores previos: aquí una mancha de café, allí una página con la esquina doblada o un garabato a lápiz. Disfrutaba con el tacto y el olfato. Me interesaba más el olor del libro que el argumento.

Alrededor del colegio había varias casas. En la más grande vivía Milva, una niña morena y muy guapa, a excepción de una sombra de vello sobre el labio. Tenían teléfono público y una televisión y ella comía naranjas bajo nuestra mirada perpleja, dejando que el zumo le resbalara hasta la muñeca. Yo contaba las gotas boquiabierta mientras caían al suelo. Cuando volvía a nuestra casa, que aún no tenía electricidad, me encontraba a mi primo Fabrizio sentado en los escalones comiéndose el plátano que le había traído de Colledara su abuela materna. Es solo para ti, le había indicado, y otro para mañana, te lo he dejado sobre la cómoda de tu madre para que no te lo quite nadie. Yo era nadie. Una mujer horrible, tienes razón. Milva no, de vez en cuando me dejaba probar un gajo de naranja. Con el tiempo se casó con un artesano de Castiglione, don Raimondo, que tenía una abultada cuenta bancaria pero era tan tacaño que la condenó a una vida de privaciones. ¿Quieres saber dónde está? Murió de cáncer el año pasado, parece que toda aquella vitamina C no le sirvió de mucho. ¿No te acordabas? Mejor.

Llegamos a casa y nos sentamos en un escalón a clasificar los tomates. Está contenta. Durante un tanteo del de viento, le aterriza una hoja amarilla sobre el regazo y ella la espanta con un gesto instintivo. Espanta también al gato que ha venido a restregarse contra nuestras piernas. La observo bajo la luz de octubre, me tienta la ternura. Es como una manzana caída del árbol hace tiempo que se seca bajo el sol. Subimos. Estoy inquieta. Sé que tengo que abrir la nevera, respiro hondo. Giro sobre mis talones, llego en tres pasos y la abro de golpe. Está medio vacía. No encuentro los callos al aroma de ajedrea con dados de jamón pacientemente recortados del hueso. Ni la fuente de cristal con *mazarelle*, lista para hornear en Semana Santa: mi madre siempre preparaba con antelación las tiras de hígado de cordero con mejorana y ajo en el centro, luego las envolvía en hojas de endivia y ataba el conjunto con tiras de tripa limpia.

Ahora, en el estante central, solo veo una bolsa de papel que no augura nada bueno. La abro con precaución y meto los dedos. Me observa avergonzada cuando encuentro un vaso roto. Saco de nuevo la mano, no me he cortado. Me entran ganas de llorar y de abrazarla, pero solo durante un segundo. Vuelvo a cerrar la bolsa de papel, lo meto todo en otra de plástico y lo tiro a la basura.

Saint Imier, 4 de noviembre de 1970

Querida esposa

*te escribo esta carta para decirte que estoy bien
y que espero que tú también estés bien*

*Aquí nieva casi todas las mañanas cuando salgo
para ir a la fábrica a pie me duele la nariz por el frío
y se me escapan lágrimas que caen sobre el chaque-
tón y se congelan enseguida*

*¿Cómo está Fabrizio crece? Te pido que si hace
falta no le ahorres un buen pescozón que a ese Cesare
nunca le pone un dedo encima porque yo no estoy pero
recuerda que no tenemos que criar un animal*

*De vez en cuando ponte de acuerdo con Espe-
rina para retorcerle el cuello a algún pollo a escondidas de mi padre él quiere que los matemos solo en
Semana Santa y Navidad pero los niños tienen que
comer carne más a menudo que nosotros*

*Y si le queréis dar un poco de chicha al viejo
le decís que ha sido el perro el que ha matado al*

pollo total como mucho recibirá algún que otro porrazo

En los barracones somos todos italianos y me llevo bien con los compañeros pero sobre todo con los calabreses que son cabezones como nosotros los abruzos y el sábado por la tarde vamos a la cervecería a tomar unas cañas

El jefe nos trata bien y viene a la fábrica una vez al día pasa cerca de nosotros para ver cómo trabajamos y va haciendo sí sí con la cabeza

El capataz en cambio es un tío de Fráncfort con muy mala leche que no habla bien francés y que cuando está cabreado nos grita en alemán italianos de mierda y putos italianos y escupe saliva hacia todas partes

Yo no miro a la cara a ese pelirrojo tan feo y sigo trabajando como si nada que se me da muy bien

En octubre hice muchas horas extraordinarias y en el sobre de la paga me pusieron cien francos más que las otras veces así que lo voy a hacer todos los meses

El viernes me empezó a doler la muela del juicio de abajo y por la noche aullaba como un perro

El sábado por la mañana un compañero me llevó a una dentista que conoce él pero la muela no se quería dormir porque estaba inflamada y entonces ella me dio un puñetazo para que no gritara y la muy malvada me la arrancó de un tirón

Aquí las mujeres hacen lo que les da la gana fuman por la calle beben cerveza contestan a los hombres y encima llevan pantalones

Por eso es mejor que no vengas como habíamos dicho lo de que el año que viene a lo mejor podías venir y trabajar como mujer de la limpieza en el hospital donde yo tengo un amigo que podía hablar con los jefes

Dime si Esperina está muy mandona que cuando vuelva la pongo en su sitio menos mal que queda poco menos de un mes para volver

¿Han parido Quaiarella y Camisciòla? ¿Y qué han tenido machos o hembras? ¿Habéis sembrado el trigo en De Contra? ¿Y la cebada?

Guárdame unos cuantos fiambres antes de que se acaben pero escóndelos bien que no quiero quedarme sin como el año pasado me cago en la leche

Bueno se ha hecho tarde y tengo sueño pero te escribiré otra carta antes de volver

Saluda de mi parte a todo el mundo y da muchos besos a nuestro Fabrizio y a Tina también

Un fuerte abrazo querida esposa de tu marido Remo adiós

Nunca la había visto tan inquieta. Yo observaba por detrás a la tía Lucianella, que estaba concentrada lavando los platos. Sobre la piedra del fregadero, la ventana enmarcaba el bosquecillo de hayas que rodeaba la fuente Cirisciola. No se veía nada porque ya había oscurecido, pero ella miraba constantemente hacia allí. Se le caían los platos, se movía de sopetón, tensa al escuchar el gorjeo de los pájaros nocturnos, que a ratos cantaban en un tono lúgubre.

Se le rompió un vaso. El abuelo Rocco maldijo y mencionó la Santa Faz de Manoppello, para después amenazar a Lucianella. La pobre se agachó para recoger los fragmentos con las manos aún mojadas y se cortó sin quejarse; solo yo me di cuenta de que se apretaba el dedo con un trapo para que no le sangrara. Dijo, con un hilo de voz, que bajaba a dejar los cristales del vaso roto en un lugar lejos de mi alcance. Nadie le contestó.

No volvió. Media hora más tarde, su hermano Remo preguntó dónde coño se habría metido. El abuelo lo envió a echar un vistazo. Fue a todos los establos, cuadras y despensas y volvió a subir con una cara rara. Lo comprendisteis todos al mismo tiempo. Su novio, Marcello, sobrino de Fioravante, ya hacía algunas noches que no venía a festejar con ella. A mí me daba pena porque siempre llevaba algún caramelo en el bolsillo. Lucianella se había inventado una gripe repentina, pero en realidad estaban planeando fugarse. El abuelo empezó a gritar, papá palideció y tú te pusiste a gritar. El tío Remo, sin embargo, daba miedo de verdad. Corrió hacia allí como un condenado y lo oímos rebuscar en el armario y tirar al suelo todo lo que encontraba. Volvió empuñando una pistola. Nos quedamos helados. Un momento de calma para explicarnos que la había conseguido en Suiza; luego se perdió como alma que lleva el diablo en la noche, la más larga de toda mi vida. Como es lógico, no la encontró. Volvió al amanecer, completamente borracho, sin hermana y sin pistola. La había arrojado al pantano.

Hizo falta un año de paciente trabajo diplomático de los parientes para que las dos familias se reconciliaran. Ella vino una tarde en que el abuelo y Remo estaban abajo con las ovejas. Los dos fingían tener el corazón de piedra, pero lloraban cuando hablaban de la moza. Llegó silenciosa justo a tiempo de escuchar una tosca intención de perdón; luego uno de ellos la vio y le pasó el balde de la leche, como antes.

Se casaron en mayo, yo llevaba un vestido de flores y recité una especie de poema de enhorabuena. Me regalaron un billete.

A partir de entonces, siempre quería ir a verla y quedarme un par de días, con la excusa de los cuatro kilómetros que nos separaban. La echaba muchísimo de menos.

En casa de Lucianella me divertía. Suegros y recién casados vivían juntos en una casa pintada de amarillo. A Palmira, sin embargo, le gustaba arrancarme los dientes de leche, y en cuanto se me empezaba a mover uno, me inmovilizaba en una silla y me lo arrancaba con las manos.

Una vez me escapé de su casa.

Las ovejas se burlaban de mí las primeras veces que las acompañaba yo sola a los pastos, porque no sabía conducirlas. Si se salían del rebaño, me acercaba de forma demasiado directa y las muy malvadas se adentraban más en la hierba prohibida en lugar de retroceder. Aquel día tenía que llevarlas al redil por un caminito que cruzaba los campos de un vecino bastante irascible. Se pararon a mordisquear los tréboles jóvenes, yo las empujaba por aquí y por allá, pero no conseguía que volvieran al camino. Estaba desesperada cuando te vi a lo lejos y pensé que venías a salvarme. Pero no, estabas enfadada porque llegaba tarde y me diste una colleja. Lloré porque sentí un dolor doble y

DONATELLA DI PIETRANTONIO

corrí con el pecho a punto de explotar hasta unos rosales silvestres mientras el viento se llevaba mis lágrimas. La tía vino a buscarme y me consoló. Luego llegaste tú, más tranquila, y me dijiste vamos a casa.

Dejé de ir cuando sirvieron para cenar gato al horno y lo hicieron pasar por conejo. Había visto la fuente con el animal perfectamente dorado, la carne aún un poco rojiza. No lo reconocí porque le habían quitado la cabeza. Comí, patatas incluidas, y luego me contaron la verdad. Se reían como locos, todos menos Lucianella. Qué asco, yo siempre jugaba con aquel pobre gatito. Vomité por la ventana y nadie lo olvidó nunca por las manchas que quedaron en la pared amarilla.

El alcalde democristiano de Tossicia eligió al ministro abruzo Lorenzo Natali como padrino para el bautizo de su tercer hijo. Aprovechando la ocasión, lo invitó a visitar la pedanía más alejada, la nuestra. En apenas dos días organizamos un gran recibimiento. Era Semana Santa, pero nevó. El banquete debía celebrarse a cubierto en casa de Milva, la propietaria de las naranjas y el televisor. Todos contribuyeron: llegaban con mulos cargados de cestos llenos, como en el mercado. Un caldero de hierro hirvió durante horas en la gran chimenea de la cocina, en la primera planta, mientras en el horno de leña se asaban corderos y pollos. Después de la *pizza* dulce se hicieron unas cuantas fotografías: los campesinos se apretujaban junto al ministro al que habían votado entusiasmados durante las últimas elecciones. El alcalde le explicó que aquel sitio era el final de trayecto de todo: allí terminaba la carretera, la red eléctrica y la hidráulica. Me llamó a mí y le conté a su excelencia cómo hacía los deberes en las tardes de invierno: a la luz de una lámpara de acetileno.

La excavadora llegó al límite de la pedanía unos cuantos meses más tarde. Mi primo y yo corrimos para verla desde una respetuosa distancia. No le quitábamos ojo al movimiento de la pala, a mí me gustaba más cuando descargaba con aquellas sacudidas. Respiraba el olor a tierra removida mezclado con el del humo del tubo de escape. Por la tarde, cuando el obrero Tullio bajaba de un salto y se marchaba en su Simca verde, inspeccionábamos el tramo que había excavado durante el día y lo pisoteábamos con fuerza: paf, paf, paf. Me costaba creer que estuviéramos caminando por aquella carretera de dos kilómetros que construían solo para nosotros. Contemplaba las lombrices demediadas, las madrigueras de ratón arrasadas y las raíces que habían quedado al descubierto.

Empezamos a ver la excavadora desde la era cuando llegó a Macchia del Sorbo. ¡Ven, estamos aquí, conquístanos, nos rendimos! Luego se adentró en el bosque y salió muchas semanas más tarde, inesperadamente cercana. Solo el abuelo Rocco y los patriarcas de las otras cinco familias de los alrededores se mostraban desconfiados, nerviosos. A mediodía, Tullio ya no debía comer la pasta recocida que llevaba en la fiambrera, para nada: se le invitaba por turnos a nuestras casas y, hacia las cuatro, tú o alguna de las otras mujeres le llevaba un café o un vasito de vino. Finalmente llegaron los camiones cargados de grava, la extendieron y el trabajo quedó terminado.

Papá compró, en el concesionario Taraschi de Teramo, un Fiat 850 verde con matrícula TE 50645.

Un año más tarde le llegó el turno a la electricidad.
Compramos una nevera y una televisión, el abuelo
dijo o se va ella, o me voy yo. Pero se quedaron los dos
y el abuelo se convirtió en un fanático de la previsión
del tiempo. Sube el volumen, sube, decía cuando escuchaba la sintonía. Se instalaba con su silla a un metro
de la pantalla y pobre del que se atreviera a respirar.
Con el cuerpo inclinado hacia delante y la boca entre-
abierta, escuchaba las palabras del coronel Bernacca y
movía ligeramente los labios como si repitiera aquellas frases incomprensibles. En la despedida final le
echaba en cara los posibles errores de la tarde ante-
rior, pero le deseaba buenas noches y apagaba la tele
para acercarse de nuevo al fuego. Yo procedía a en-
cenderla de nuevo. Nunca conseguí convencerlo de
que temporal y viento no es lo mismo; eso díselo a
Bernacca, sabihonda, es él quien habla de temporal y
luego manda viento.

Es verdad, me acuerdo: antes de tener la televisión,
el Festival de San Remo lo veíamos en casa de Milva.
Tú, yo y unos cuantos vecinos. A Cesare no le gustaba.
Yo podía jugar mucho rato con mi amiga bendecida
por las hadas y envidiarla con todo mi corazón. El festival solo nos distraía en parte.

Volvíamos tarde, a pie, perturbando el sueño del

bosque con comentarios y canciones que tarareábamos una y otra vez. Eras feliz.

En aquella casa nunca llegamos a tener agua corriente. Las familias se turnaban para conectar un tubo de goma a la fuente pública: así llenábamos las ollas de la cocina y dábamos de beber a los animales en los establos de la planta baja. Nos lavábamos por partes con el agua calentada en barreños. Los niños podían bañarse enteros en la tina.

No íbamos demasiado limpios, la verdad. Los niños solíamos llevar roña incrustada en cuello y rodillas, una mezcla sucia de células muertas, grasa, sudor y polvo que se pegaba en capas a la piel. Costaba despegarla. A mí no, porque tú frotabas tan fuerte que me despellejabas viva.

A veces olíamos como los paraguas que no se dejan abiertos para que se sequen.

En invierno hacíamos caca en los establos y nuestros humildes modales dictaban cubrirla con paja, quizá por respeto a las vacas. Tienes razón, la caca de los animales, especialmente de los herbívoros, no es tan asquerosa como la de los humanos. Con la llegada del calor abonábamos los campos y nos limpiábamos con unas hojas suaves y vellosas. Si en primavera alguien pisaba una caca llena de huesos, podía estar seguro de que era del abuelo, tremendo devorador de cerezas enteras. Solo les quitaba el rabo.

MI MADRE ES UN RÍO

Se ríe en dialecto de nuestros inmundos recuerdos. Cuando se los devuelvo, los retiene durante unos segundos o, si corresponden a huellas más profundas, los conserva un poco más.

Su memoria es ahora como un texto escrito con tinta invisible: voy pasando las páginas una a una y les acerco una llama para que aparezca.

Mi madre a veces no quiere. Entonces observo las páginas desde fuera, encerradas en el misterio de su invisibilidad. Esconden contenidos en apariencia neutros que la enfermedad ha decidido desterrar a lo inefable. No es casual. Si me acerco a ciertos nudos, ella tiene miedo, se defiende enseguida con un ahora no me acuerdo y rechaza mi ayuda.

No ocurría cuando le repetía una historia que he escuchado de sus propios labios o de labios de otros. Ocurre ahora, mientras relato un pasado compartido, una historia en la que he nacido y en la que he crecido el tiempo suficiente para poder recordarla de primera mano. Estoy dentro, sé cosas de ella y de mí.

Grazietta me ha hecho un gesto para que me parase cuando pasaba por delante de su casa, hace un rato. En verano tu madre me traía tomates porque a mí se me había secado el huerto, dice, y mientras habla desaparece en la cocina de la planta baja, donde la oigo trajinar unos instantes. Dale recuerdos de mi parte, me ha pedido mientras me ponía en la mano un cuenco con *ricotta* de oveja aún caliente.

Mira, leche fresca con grumos. Una parte nos la podemos comer así y con la otra preparar un postre de cuchara. Eran los únicos que comíamos, además del *zabaione*, antes de marcharnos de la montaña. Hace siglos que no lo como y me imagino que tú tampoco. Ya no me acordaba.

Solo hay que ponerle azúcar y café molido a la *ricotta* y mezclar bien el negro con el blanco. Qué bien huele, ¿verdad? Ahora vertemos la mezcla en las copas de cerámica de Castelli, las que tienen un gallo dibujado. Están en el armario que tienes justo encima de la cabeza. Lo dejamos reposar en la nevera, para que coja cuerpo. Luego, antes de servir, añadimos granos de café para decorar. Dentro de un rato vendrán Giovanni y Pietro, será una merienda distinta. No, ¿por qué le va a hacer daño un poco de café en polvo?

La tía Clo también te manda recuerdos, nos hemos encontrado por casualidad delante del estudio. Me ha preguntado cómo estás. Ah, ¿que esa despegada no viene nunca a verte? Pero siempre te llama. Además, tiene que cuidar a los nietos cuando su nuera está trabajando. Tienes razón, tú ayudaste a todo el mundo y ahora que los necesitas no se acuerdan de ti. En fin, la tía ha dicho que un día de estos pasa con los niños.

Hace un mes. La neuróloga me mostró la atrofia cerebral en la resonancia magnética, señalando con el índice la nada que avanza. Ah, o sea, que se ve, le dije, en el TAC de hace tres años no salía. Hace tres años podía tratarse de una depresión.

Tras las habituales cortesías de despedida, caminé ligera hacia la salida. Entonces no he sido yo quien la ha hecho enfermar. No puedo ser tan poderosa.

Mi padre quiso saber qué significaba atrofia cerebral. Se lo expliqué: el cerebro se seca, se encoge. Tras esas palabras, que quedaron flotando en el aire inmóvil de la cocina, me invadió un escalofrío, como si las hubiera pronunciado otra persona.

Tengo miedo de mi madre. De encontrármela en el espejo embrujado. De que me arrastre al interior con sus manos encogidas. De que me abrace muy muy fuerte, como no ha hecho nunca. Tras sus hombros vislumbro a mi abuela y a mi bisabuela, ancianas dementes. Me llaman con voz de sirenas horripilantes.

Tiene miedo. Se ha perdido y ha perdido también la noción del tiempo. No sabe qué día es ni qué mes ni qué año. Ya no distingue las estaciones, no reconoce el otoño en el huerto, en la piel de gallina de sus brazos aún descubiertos. Se mueve a tientas en esta niebla opaca.

Me ve a trechos y la consternación que intuye en mis ojos multiplica la suya.

De nuestros miedos no hablamos. Nos los seguimos pasando de la una a la otra, en un juego que aún no nos agota.

La observo bajo la luz disgregada de la tarde, bajo el cielo de color después de la lluvia. Vamos a recoger los huevos donde suelen ponerlos las gallinas. Me habla de ellas.

Nos teme, siempre preparados para descubrirla, para sorprenderla aunque solo sea con la mirada y el asombro cuando se equivoca. Depende de sus propios jueces, y cuánto debe de odiarlos, siempre tan tensos y preocupados, y si hoy tiene un buen día no queremos creerla, sentimos la necesidad de pensar que mañana será un desastre. A mí y a mi padre nos llamaba pesimistas mientras sacudía la cabeza. Nos asusta la ilusión de que esté bien aunque solo sea un día. Estamos enfermos, como ella.

Un gran árbol de Navidad cuyas luces se van fundiendo una tras otra. Se van apagando en silencio hasta desaparecer por completo, o bien explotan. El resplandor ya no ilumina la silueta, muchas de las ramas están ya a oscuras. Cada Navidad, las luces parecen más lejanas, más solitarias. Y una noche solo quedará una: me veo allí esperando hasta el momento preciso en que se apaga. Mi árbol sigue iluminado. El deterioro familiar aún no ha empezado a afectarlo, o quizá es que los efectos son aún imperceptibles. Puede que se haya fundido alguna bombilla, pero no se nota en el fulgor general: los circuitos siguen funcionando de forma eficaz, una única avería puntiforme no pone en peligro el funcionamiento. En ella, la inteligencia de la red ya ha agotado todos los recursos, a estas alturas basta con que se cierre una sinapsis para extinguir la capacidad restante. Es un sistema desesperado, todavía con amplio margen de conciencia.

La asisto, impotente. Imagino lo que le espera y tiemblo por mí. En último término, siempre es así. Construyo las defensas, aíslo la mente.

Me desafío a recordar la historia que Giovanni estudió ayer mientras busco la licencia de obras para la oficina técnica del Ayuntamiento de Atri. En el 486 a. C. muere Darío I. Su hijo Jerjes intenta de nuevo la conquista de Grecia. No encuentro el proyecto, dónde lo habré metido. Las polis firman un pacto de alianza. El ejército persa se dirige hacia Atenas. Ah, aquí está, la pasante me lo había dejado todo preparado sobre la mesa. Tras varios días de cruentas batallas en el paso de las Termópilas, los trescientos espartanos a las órdenes del rey Leónidas sucumben a la aplastante superioridad numérica del enemigo. Cierro el estudio con llave, la cinta del bolso me resbala del hombro hasta el antebrazo y se me cae al suelo.

Siguiente página por la escalera: las trirremes griegas medían cuarenta metros de largo y cinco de ancho, tenían tres hileras de doscientos remadores cada una y podían alcanzar una velocidad de doce nudos por hora.

Hoy la historia no me basta, tengo miedo. Necesito algún ejercicio estúpido y mecánico.

En casa, antes de acostarme, me abalanzo sobre el tique del supermercado como una bulímica sobre la última comida que queda en la despensa.

Lo leo cuatro veces, lo doblo por la mitad y repito:

filetes de atún	5,79 €
champiñones	1,33 €
papel de aluminio	0,99 €
zumo de albaricoque	0,65 €
TOTAL	8,76 €

Adiós y gracias.

En el comedor bien iluminado, las tías hablan mal de alguien sentadas en sus viejos sillones. Huele a café y a mandarinas recién peladas. Las escucho de pie, con un codo apoyado en la repisa de la chimenea.

La puerta se abre de par en par sin hacer ruido. Ella irrumpe en la estancia y se arroja a mis pies, me abraza por los tobillos. Está despeinada y desaliñada, lleva un par de mocasines de color crema que yo no le he comprado. Mientras sigo ahí, inmóvil aún en mi perplejidad, un charco de pipí salpicado de manchas amarillas y oleosas se va formando bajo su cuerpo. Intento cogerla por las axilas, levantarla. Se resiste, pido inútilmente ayuda a las tías, que han desaparecido. Consigo llevarla hasta el cuarto de baño, entra con dificultad en la bañera. Allí la desnudo y empiezo a lavar despacio el cuerpo de mi madre.

Ha huido de la residencia de ancianos en la que la habíamos ingresado. Sumergida en el agua hasta más arriba de los pechos, ahora parece incluso demasiado tranquila. Contempla fijamente una pequeña mancha

de humedad en la pared, delante de ella. Abre la boca
y dice varias veces: tengo hambre, tengo sed. Oigo las
gotas que caen en el agua y miro hacia arriba, hasta
que comprendo que vienen de mi cara. Se muestra
dócil, accede a ponerse en pie para que le enjuague el
cuerpo, sigue el movimiento de mi mano que la ayuda
a girarse. Contemplo su espalda, la piel blanca de las
nalgas, todavía lisa y tersa. De espaldas nos parecemos,
qué raro que tenga la marca del bañador, si nunca lo
ha llevado. La obligo a volverse de una sacudida. Soy
yo. Suena el teléfono.

Respondo con el corazón desbocado. Soy yo. No,
mi madre. Me restriego los ojos húmedos. Pocos instantes después, pongo orden en la confusión. Anoche
me quedé dormida con el ejercicio del tique; está aquí,
en el suelo, al lado de la cama. Hace un rato estaba soñando, pero el teléfono ha sonado de verdad. Es domingo y es temprano, le digo a Esperina cuando me
pregunta si en el estudio está todo tranquilo. Se le ha
olvidado que el número que ha marcado es el de casa
y, como todos los domingos, le sorprende que no esté
trabajando. Entonces ven, propone. Sí, más tarde.

La pesadilla es una telaraña viscosa que el desper-
tar me ha dejado pegada a la piel, al estado de ánimo.
No me perdono haberla encerrado, haberla obligado a
huir en su estado, a buscarme. El abrazo a los tobillos
me duele más que un latigazo. No soporto verla de ro-

dillas delante de mí, implorándome. No quiero ser yo
la mujer de la bañera.

Me quedo estupefacta al verla tan tranquila. Está
sola, mi padre ha salido a cazar. El fuego lo ha encendido ella. Lo único erróneo son las zapatillas de verano
que lleva puestas. Nos sentamos junto al fuego. Qué
me cuentas, me dice.

Nos dieron luz y una carretera. Aprendimos el camino
y nos marchamos de allí. Era el sueño de Cesare: campos de suave pendiente, un manantial de agua que
amansar, viñas, pocos olivos... Con el dinero que en-
viaban los tíos emigrados, unos cuantos ahorros y muchas deudas, pudisteis comprar en una subasta una
vieja casa de labranza, en el municipio de Atri, rodeada
por dieciséis hectáreas de tierra soñada.

La carretera provincial la bordeaba. Había paradas
de autobús para que los niños pudieran ir al colegio,
en el pueblo, y las mujeres al mercado de los lunes. Mi
padre podía finalmente tener un tractor y usarlo sin
miedo a dejarse el pellejo cuando volcara en una pendiente. No pedía nada más, solo entrar en el mundo
que habíamos visto de lejos.

Las mismas montañas en el horizonte, con el perfil
del Gigante que Duerme o la Bella Durmiente, según
los gustos, cuya larga melena rocosa desciende hacia
Ascoli Piceno. Ahora estaba un poco más lejos para

poder ver mejor el atardecer, en lugar de tenerlo justo encima de la cabeza.

No fue una mudanza fácil. No nos mudábamos de un piso a otro. Teníamos animales, aperos de labranza, cultivos en marcha, yo que tenía que cambiar de colegio... Durante un año ibais y volvíais de Tossicia a Atri, donde estudié quinto. Me instalé en casa de la tía Clo, que vivía en el casco antiguo con sus dos hijos, el marido, carpintero, y el suegro, inválido. Me quedaba en su casa por comodidad, a la espera de que nos mudáramos definitivamente.

El tío era cariñoso conmigo, jugábamos a las cartas. Algunas noches, sin embargo, los oía discutir en la habitación, o, mejor dicho, él discutía y su mujer decía calla, calla. Luego golpes y gritos ahogados de ella, que le suplicaba que parase. En la habitación de al lado, que compartía con mis primos, me sentaba de un salto en la cama, jadeando. Una noche entró la tía con la cara descompuesta, se había secado las lágrimas a toda prisa. La pequeña Stefania lloraba, asustada por los ruidos que habían interrumpido su sueño. Su madre le decía que era el viento, que movía las contraventanas, pero apenas podía contener los sollozos. Me daba la espalda y fingía creerme dormida. Por la mañana la vi cuando ella salía del baño: tenía un morado en el pómulo y varios más en los brazos. Enseguida se los tapó con una camiseta de manga larga, exagerada teniendo en cuenta el calor de aquellos días.

Pero el alma negra de la casa era el viejo paralítico que, gargajeando sin descanso, animaba al hijo a zurrar a aquella mujer inútil. Todos los días inventaba pretextos nuevos para proponer una tanda de golpes y, de haber tenido las fuerzas, seguro que se hubiera ocupado él mismo, en lugar de dejar la tarea en manos de aquel trozo de pan —así lo definía— que era su hijo. Nunca pronunciaba el nombre de su nuera, para llamarla emitía una especie de gruñido, y cuando hablaba con los demás, se refería a ella como tu mujer, tu madre, tu tía. Yo le deseaba una muerte lenta y atroz, pero el Dios que él invocaba como testigo de su martirio lo extinguió dulcemente mientras dormía, después de muchos años, y le concedió todo el tiempo del mundo para arruinar la vida de quien lo cuidaba. Yo no le hablé a nadie del infierno en el que vivía mi tía. Era cómplice de su silencio, aunque sabía que ese silencio merecía ser traicionado. Ella, sin embargo, me había contagiado el miedo.

El primer día de colegio en Atri ninguna maestra quería aceptarme en su clase, porque venía de una escuela rural en las montañas. Finalmente, el director le propuso a mi avergonzada tía, que me había acompañado ese día, que hablara de nuevo con todas las maestras y les mostrara mis notas. Una de ellas, Vanna, se apiadó de mí y me aceptó.

Murió hace unos cuantos meses, los carteles que lo anunciaban contenían un tremendo error gramatical. Una noche la vi huir del cementerio y correr por las calles del pueblo con sus botas claras de siempre mientras corregía con el lápiz rojo y el azul. Se paraba en cada cartel, chas, chas, chas, tres marcas, falta grave. Sueño mucho, sí. No me acuerdo de lo que he soñado esta noche.

Los últimos en marcharse fueron los animales. Fue una especie de trashumancia definitiva. Partisteis al amanecer, después de haberles dado la última comida en el establo que abandonaban para siempre.

Con la ayuda de algunos vecinos y de unos cuantos perros guiasteis a los animales: primero iban las vacas con sus terneros y, doscientos o trescientos metros por detrás, el reducido rebaño de ovejas y las tres cabras. El trayecto transcurría durante varios kilómetros por antiguas cañadas o senderos de hierba, luego venían unos cuantos tramos de carretera asfaltada, donde las ovejas dejaban un rastro de caquitas negras y los conductores las adelantaban muy despacio. De vez en cuando, un chaparrón empapaba el éxodo y los zuecos se hundían aún más en el terreno impracticable.

Cuando llegasteis, ya a última hora de la tarde, los nuevos vecinos os dieron la bienvenida y os ayudaron a organizar los animales. Habían traído balas de heno fresco. Las vacas estaban nerviosas, no hacían más que sacudir la cabeza y mugir, olisqueaban el agua y se retiraban una y otra vez antes de beberla. Les salían burbujas de la nariz.

Durante varios años, seguisteis llevándolas a la montaña en verano, luego cadena perpetua en el establo. El sabor de la leche nunca volvió a ser el mismo, faltaban las flores.

Los pollos viajaron de tres en tres o de cuatro en cuatro en el maletero del 850, atados entre sí por las patas. Imagínate lo bien que olía luego y las plumas que revoloteaban por todas partes.

El nuevo entorno no era adecuado para las cabras, faltaban los lugares escarpados y silvestres, las espinas. La leche disminuyó, estaban tristes. Las cabras no balan, sino que cantan. Y aquellas cabras habían dejado de cantar. Papá se las vendió por una ridiculez a un colindante de Tossicia, el mismo que sigue usando como pasto las tierras que jamás hemos puesto a la venta.

La primavera pasada volví a casa con Giovanni. No se lo dije a nadie, supuse que para ti sería doloroso regresar. Desde mi antiguo colegio se sigue a pie: las malas hierbas y el sotobosque invaden la carretera que el ministro quiso para nosotros. Recorrimos el mismo trayecto que yo hacía para volver a casa después del colegio. Giovanni no sabía que tuviera que caminar tanto todos los días. Le enseñé el lugar en el que una culebra me mordió el tobillo, el rincón de las fresas, el hueco del roble centenario donde escondía mis tesoros. Vio el vuelo verde metalizado de la cetonia dorada entre las flores del saúco.

Nos adentramos en el campo ahora sin cultivar en el que el vecino Gennaro le cortó las patas a Bill mientras segaba el pipirigallo. Se había comprado una segadora BCS de la que estaba muy orgulloso. Nuestro perro brincaba y ladraba a su alrededor, entusiasmado ante la novedad, ajeno al peligro. Gennaro, que aún no controlaba muy bien la máquina, no pudo parar a tiempo.

Bill fue el mejor amigo de Cesare en el mundo animal: era su único *pointer*, de manchas rojizas, los demás perros eran de raza *setter*. Bill era tan preciso en la caza como juguetón en el ámbito familiar. Él y papá se leían el pensamiento. Tras el accidente, sin embargo, lo único que hicieron fue mirarse: el animal mutilado y el dueño impotente. Recurrió a otro vecino para el golpe de gracia, porque Gennaro sollozaba con la cara oculta entre las manos y él no quería hacerlo. Pero Ostilio consiguió fallar el tiro estando apenas a un metro de distancia. Cesare le arrebató la escopeta, que temblaba, disparó con precisión y luego arrojó el arma a la hierba. A Giovanni le conté que las heridas de Bill fueron superficiales y que él y el abuelo siguieron cazando juntos durante muchos años.

Llegamos a las casas. Los tejados se han hundido, las zarzas trepan por las paredes... En nuestra escalera, qué extraño, ha crecido un árbol. Me atreví a subir dos o tres escalones, pero desistí porque era demasiado peligroso, sobre todo con el niño que me seguía. En la gran era comunal han crecido arbustos y plantas invasoras de todo tipo. Parece una jungla un poco siniestra.

Quién sabe qué distancia han recorrido volando las semillas antes de echar raíces en nuestra era. Después de que los edificios quedaran abandonados, la naturaleza ha recuperado los espacios ocupados. Ha destruido las edificaciones, ha introducido hiedra en las grietas, ha extendido raíces bajo los cimientos y los ha levantado... Las casas necesitan la ayuda del ser humano para conservarse.

Ahora que ya no estamos allí, reina un gran silencio. Solo se oyen las ráfagas de viento, los pájaros, el zumbido de los insectos... Una rama que se quiebra bajo el peso de la nieve ya es un acontecimiento ruidoso. Caen piedras, cuando el agua se filtra entre los muros se hiela y se expande en los resquicios. En un momento determinado, la primera teja se desprendió del tejado. Luego el derrumbe resultó fácil.

Cuando caían los últimos copos de nieve, papá salía calzado con unas botas completamente insuficientes y trazaba un camino pisoteando la nieve. Sí, exacto, me hacía un camino de nieve pisoteada para que yo pudiera ir al colegio sin hundirme en la blancura, sin mojarme los pies. Luego, por la noche, lo torturaban los sabañones. No sé por qué me he acordado de eso ahora, pero se me saltan las lágrimas. Será la nostalgia. De papá, que pisoteaba la nieve por mí. Nunca le di las gracias. No era necesario.

Mamá, hoy tienes una visita de control. Sin desnudarte, solo tienes que hablar un poco con la doctora, que es muy amable. A ti te parece antipática, hace demasiadas preguntas. Pero ¿por qué te preocupas? No es un examen, si te equivocas no se va a enfadar. Solo quiere saber adónde va tu memoria, para ajustar el tratamiento. ¿Quién ha dicho que sus medicinas no valen para nada? Ese pesimismo no es propio de ti. Vamos, solo es una visita. Esa chaqueta es demasiado fina, ponte la de lana y abrígate, que hace frío. Tenemos una hora de camino, mientras te voy contando cosas.

Los primeros dos años fueron muy duros. Teníamos deudas y mala suerte. En casa llovía dentro de los recipientes colocados bajo las goteras del tejado; con cada chaparrón, el abuelo blasfemaba, como si fuera el solista en el concierto para gotas y baldes. Pero ay de quien lo llamara temporal, el temporal era viento. Cuando paraba, vaciábamos los cubos llenos de lluvia. Si los gorriones anidaban bajo las tejas, en cambio, nos nevaba tierra fina cuando clavábamos la mirada en las vigas de madera, donde se oía el ruido de las patitas y el batir de las alas.

Un Viernes Santo, una pequeña pluma gris cayó con la lentitud de los cuerpos ligeros sobre el bacalao de Cesare, que dijo basta. Hizo números: teníamos que endeudarnos un poco más, pero podíamos contar con los francos suizos de los tíos y con la inminente venta de becerros.

En cuanto los albañiles quitaron el tejado, empezó el diluvio universal. Tú y papá dormíais en el sótano y los demás repartidos en las casas de los vecinos. Los más ancianos discutían: nunca se había visto por aquellos lares una primavera tan lluviosa, aunque quizá la del 58 sí. La primera planta quedó cubierta por grandes láminas de plástico extendidas en los muros perimetrales.

Llovía. El abuelo enmudeció. Mientras caminaba entre las herramientas de los albañiles, pisé un trozo de madera del cual sobresalía un largo clavo oxidado que atravesó el zapato y se me clavó en la planta del pie. Al día siguiente lo tenía hinchado e infectado.

Los terneros fueron muriendo uno tras otro. Les poníais inyecciones tan caras como inútiles. Se iban convirtiendo en piel y huesos, temblando por la fiebre. La caca les goteaba por la cola y las patas posteriores e iba formando capas sobre deposiciones anteriores ya resecas. En un momento determinado, se desplomaban al suelo y ya no conseguían levantarse. Nos miraban como si estuvieran esperando la muerte. Al final solo quedaron dos, el predilecto de Cesare y otro.

El predilecto nos dejó un lluvioso atardecer mientras papá estaba arrodillado a su lado. Gritaba, con las manos alzadas y el pecho vuelto hacia el cielo para amenazar al Padre Eterno y expresarle su desprecio. Luego descargó los puños sobre la cabeza de la criatura, aún caliente de vida. Sollozaba desconsoladamente, inclinado sobre el pelo rojizo de ternero lactante. Sus lágrimas cayeron sobre el ojo apagado.

Tú, mi primo y yo lo escuchábamos de cerca, dos pasos por detrás de él, mudos y solidarios.

Sí, tú también, tú también. Nunca lo habíamos visto llorar.

Al día siguiente, después de varias semanas, brilló el sol sobre nuestras desgracias. El otro ternero ya no tenía fiebre. ¿Te das cuenta? De vez en cuando soltar cuatro frescas va bien. ¿Cómo que a quién? Pues a Dios. ¿Padre e hija pecadores? No digo que no. Pero aquella vez Cesare se comportó mejor que Dios. Vale, ya me callo, no blasfemo. Ya hemos llegado.

Cuando salimos ya ha oscurecido. El olor desconocido del mar le llega en minúsculas gotitas, le pregunto si lo huele. Responde con un monosílabo y sigue andando, silenciosa y hostil. Necesita ver hacia dónde se dirigen mis piernas, pues las suyas no recuerdan dónde está el coche y no puede alejarse de mí todo lo que le gustaría. Y, sin embargo, la neuróloga ha dicho que la ve bien. A mi madre no le importa: sabe que si hubiera hecho la prueba una hora antes o una hora más tarde el resultado habría sido completamente distinto.

Estas visitas le resultan humillantes. Escarban en la herida. Se ve obligada a reconocer la enfermedad, a responder delante de otra persona. La espero fuera de la consulta y cuando se abre la puerta capta la mirada que cruzamos la doctora y yo, intuye sin paliativos la verdad que se oculta tras el código formal del lenguaje. No habla. Con lo extrovertida que es, de esto no habla. De vez en cuando recurre a frases hechas para referirse a la crueldad de la vejez y a la memoria que no la ayuda, o afirma que en los últimos meses se encuentra mejor. Pero el tono que utiliza es superficial, casi frívolo. Protege el núcleo duro del dolor.

La cojo de un brazo para guiarla en la dirección correcta, trato de imprimir en nuestros andares el ritmo lento de un paseo. Ella no se da cuenta y tengo que frenarla, inclina hacia delante su centro, hacia un destino incierto, hacia asuntos urgentes de los que debe ocuparse antes de que sea tarde. No puede caminar sin un objetivo, pero se le ha olvidado cuál es. ¿Adónde vamos?, me pregunta. A comer pescado en uno de los locales cuyas luces parpadean al otro lado de la calle, me gustaría responderle. Sin embargo, contemplo la masa borrosa que es el Adriático, inspiro hondo para olerlo y decido ahorrarle el esfuerzo de buscar pretextos para decir que no. Te llevo a casa, la tranquilizo. El mal humor se disipa de su rostro, espera confiada que yo retome el relato. Ya hemos llegado al aparcamiento, pulso el botón del cierre centralizado. Cuidado con la puerta del coche de al lado.

De cuando abrimos la hucha de plástico rojo con rayas blancas. Estaba tan llena que ya ni tintineaba, había tardado años en conseguirlo. Hicimos pilas de mil con las monedas de diez, de cincuenta y de cien liras y las envolvimos en papel de periódico. Sirvieron para comprar azúcar, café, cuadernos... lo imprescindible. Me sentí orgullosa de contribuir a la precaria economía familiar.

Mientras tanto, la casa ya estaba lista: funcional, anónima, con el revoque exterior aún de color gris... Habían desaparecido los suelos de baldosas viejas; la baranda de la escalinata, de ladrillos decorativos con agujeros en forma de ojos; el tejado de tejas cubiertas por una capa de musgo en el lado norte y los nidos de los pobres gorriones debajo... Las tejas quedaron amontonadas a los pies del olmo, que aún no sufría la enfermedad que con el tiempo lo mataría. En lugar de las baldosas de cerámica gastadas por varias generaciones de habitantes, preferías las baldosas de gres, más dóciles a la bayeta. Borramos una historia que apenas era nuestra. Estábamos todos felices. Por primera vez teníamos el cuarto de baño dentro de casa, con los sanitarios de color rosa. Y, por fin, me llegó la esperada menarquia. Nacieron otros terneros, dos vacas tuvieron partos gemelares. La tierra era fértil. Al amanecer, el abuelo Rocco se sentaba en el porche a contemplar los viñedos y la hilera de manzanos que llegaba hasta los límites de nuestras tierras. Se liaba un cigarrillo de picadura fuerte y se lo fumaba en silencio, entornando los ojos en cada calada. Luego se iba al campo. Sentía debilidad por los cerdos. En septiembre y octubre les daba de comer las manzanas que caían de las ramas y que él recogía con paciencia. Eran unos glotones, en cuanto lo veían acercarse al corral con el cubo lleno le hacían fiestas como si fueran perros. Las nuestras las cogíamos de las ramas más altas y las conservábamos sobre un lecho de paja en un pequeño trastero. El abuelo la llamaba la habitación de las manzanas, porque seguían desprendiendo su perfume incluso cuando ya no quedaba ninguna. Nunca he comido unas manzanas tan dulces como aquellas. Duraban casi todo el invierno, en parte porque el abuelo nos las racionaba. Con los años, fueron disminuyendo en número y tamaño. Los árboles eran viejos y papá terminó talándolos y sustituyéndolos por plantas jóvenes. Solo dejó uno de los viejos, a modo de recuerdo: da manzanas del tamaño de nueces.

Todos los jueves de verano, a las cuatro en punto de la tarde, pasaba en su 600 Multipla de color verde el heladero loco de Cellino Attanasio. Oíamos el altavoz graznar la música de la *saltarella pizzicarella* cuando aún estaba a varias curvas de distancia de nuestra casa y todos los niños del vecindario corríamos a esperarlo junto a la carretera con las monedas pegajosas de sudor en la mano. Y, si no teníamos monedas, con algún huevo que habíamos cogido a toda prisa.

Llevaba el helado en un contenedor de madera con tapa, envuelto en manteles viejos para conservar el frío. Se retaba a sí mismo a vender sus delicias artesanales de imposibles tonos pastel en una hora como máximo. Además de elegir cucurucho o tarrina, también nos pedía que eligiéramos sabor, pero en realidad todos eran iguales porque entre fresa y pistacho lo único que cambiaba era el colorante. Recuerdo que no sabían a nada, solo a hielo, pero jamás renunciábamos. A veces también los probaba el abuelo Rocco: hoy me apetece un buen helado, decía. Sí, tu suegro, no, ya no vive. ¿Te acuerdas de cuando lo sorprendimos comiendo Nutella a escondidas? A cucharadas, además. Usaba la cuchara sopera, no la cucharilla de café. La llamaba «nutrela».

Los viernes por la mañana, en cambio, venía el pescadero. El abuelo no dejaba de lamentarse por el dinero desperdiciado con aquella comida extraña que siempre se negó a probar. Pero alguna que otra vez, con los espaguetis, conseguimos engañarlo: le pusimos almejas y le dijimos que eran setas. Con salsa, porque si no no había quien lo engañara.

Bueno, pues hemos llegado justo a tiempo para ponernos a cocinar.

Mi padre nos ha dejado el fuego encendido. Ahora está recorriendo los establos para cerrarlos antes de echar un último vistazo a los animales. Mi madre se quita la chaqueta, pero le cuesta separarse del bolso, lo aferra con fuerza. Preparo la mesa. Me sirvo la ensalada antes de añadir la sal para ellos, a mí me gusta más sin sal. Mientras aso las salchichas sobre las brasas, la oigo trajinar en la mesa con los platos y me giro. Ha acercado el plato al mío y con movimientos horizontales de vaivén se sirve toda la ración de lechuga. Luego mira a su alrededor, indecisa, no recuerda cuál es su sitio. Coloca su plato encima del de Cesare y se sienta. No nos espera. Mastica despacio, de forma constante. Está muy cansada. De vez en cuando me pregunta si no como o si necesito ayuda.

Ahora estamos los tres sentados a la mesa. Después de la ensalada, contempla el mantel y los vasos, aturdida. Mordisquea el pan. Le paso dos salchichas, cuando se las termina acerca el tenedor a una salchicha de hígado picante. No ha reconocido el color. La aviso y la deja.

Después de un segundo la vuelve a pinchar, le digo que pica y la deja. La pincha de nuevo, Cesare le dice pruébala, pruébala, ella la muerde y se lamenta, se la deja delante. Él se la come, riendo, y dice que se ha contenido con la cantidad de guindilla. Nos acercamos al fuego con las sillas. De repente, mi madre me toca la pierna y comenta que mi falda es muy suave. ¿Es nueva? Acaricia la tela con los dedos deformes y, mientras, tengo su mano encima. Eso es lo que busca. Me quiere a mí. Lo hace a menudo con los jerséis, me coge el brazo y analiza la confección. Dice, presuntuosa, yo podría hacerlo con los ojos cerrados. Se entretiene contemplando la lana, se aparta con un movimiento largo que desciende desde el hombro hasta la muñeca, como si fuera una caricia, una especie de nostalgia.

Apenas soporto el contacto, me doy cuenta de que me molesta. Quisiera cerrar los ojos con fuerza y esperar a que pare, temblando un poco. Controlo la reacción. Intento parecer solícita, pero no me engaño ni a mí misma, estoy tensa. Allí donde ella apoya la mano, la piel me arde bajo la tela. Encuentra un trozo de hielo seco y áspero, con una pelusilla de escarcha en la superficie que se pega y quema. Cuando se aparta, noto la piel irritada durante un rato.

Aún me busca, solo de vez en cuando. No me encuentra. Me busca. Y en lo que a mí respecta, tengo miedo.

Ahora estamos sentadas una al lado de la otra, en silencio. Se ha encerrado en sí misma. Me adentro en ella y lo noto. Me dispongo a perderme en la inmensidad de su vacío. Cuando creo que estoy a punto de volverme lo bastante loca, vuelvo en mí con el sobresalto de costumbre. Un mismo número de teléfono a veces me sale de memoria y otras no lo recuerdo. Hace unas cuantas noches un amigo dijo en una cena que su padre tenía una única cualidad, pero no recuerdo cuál. Ese actor seguro que sale en otra peli, pero no me acuerdo del título. ¿Son los olvidos de una memoria exhausta o la herencia que empiezo a obtener?

Me imagino dentro de veinte años, más o menos a la edad de mi madre. Siento nostalgia de todo lo que olvidaré. Siento nostalgia de lo que habré sido.

Dormita con la cabeza colgando. Acerco mi silla a la suya y le ofrezco el brazo izquierdo como punto de apoyo. Al primer movimiento en mi dirección, se abandona. La miro de lado, la huelo. No huele a nada, solo al calor del fuego que la alcanza. Contemplo la llama, tranquila. El cuerpo de mi madre me cae encima con una vibración ligera, late despacio, con obstinación.

Mi padre enumera pequeñas preocupaciones cotidianas, incluso habla de ella antes de que se despierte, de que pueda oírlo. Me pone al día. Dice que ayer se la encontró comiendo con una cuchara el contenido de

la olla en la que dejan las sobras para los perros: pasta
fría, mendrugos resecos, huesos roídos.

Permanecemos largo rato en silencio y tratamos de
no cruzar la mirada para no reflejarnos en el dolor del
otro.

Jamás había visto en manos de un hombre un objeto más obsceno que el aro de hierro que don Cesidio Bola de cañón llevaba en el bolsillo de los pantalones, sujetos con pringosos tirantes. Se sentaba a la mesa de la cocina del aparcero y extendía las piernas para acomodar su enorme barriga en forma de coco, a punto de reventar bajo los botones de la camisa. De una edad indeterminada por encima de los cincuenta, era casi calvo y los pocos pelos que le quedaban apenas disimulaban los pliegues de carne de la nuca. Tenía los dientes superiores separados unos de otros y caían dentro de la arcada inferior, lo cual recordaba la dentadura de un cocodrilo. En las comisuras de la boca se le formaba una espumilla de saliva emulsionada, que se extendía también hacia el centro de los labios, como una goma amarillenta, cuando se acaloraba en plena discusión.

Una vez acomodado, tu hermana tenía que servirle un vaso del aguapié de casa y disponer, sobre el hule de fantasía, los huevos recogidos. Empezaba la selección. Mientras, un largo trago seguido de un estremecimiento de placer al tiempo que chasqueaba la lengua. Luego, el capataz concentraba sus llorosos ojillos de cerdo en el aro, que sostenía con la mano izquierda, mientras con los dedos regordetes de la derecha intentaba hacer pasar los huevos uno a uno. Los que pasaban eran para el campesino; si alguno se quedaba engarzado como una piedra preciosa era para él o, mejor dicho, para su amo.

Don Cesidio, señor de los siervos y siervo del señor, oprimía de parte del terrateniente a las familias de los aparceros que vivían y trabajaban en las diversas propiedades de los Cantalupo.

De pie junto a la mesa, con los brazos cruzados y el peso del cuerpo apoyado en una pierna, Diamante lo observaba con mirada torva, refunfuñando entre dientes ojalá vomites sangre.

Se formaban dos montones de huevos: en un lado, los que las gallinas habían puesto sin esfuerzo y, en el otro, los grandes, paridos con dolor. La tía colocaba estos últimos en una cesta de mimbre, entre la paja, y, ojo, que si luego se rompía alguno la culpa era suya. Acto seguido, las provisiones desaparecían en el maletero del Fiat 500 familiar del capataz, junto con las hortalizas recién recogidas, dos pollos desplumados y eviscerados, una garrafa de aceite de cinco litros, tres jarras de vino, recipientes de salchichas y conservas en vinagre y un queso fresco o curado, según la época. No sé si la señora estará satisfecha, dudaba en voz alta el muy sinvergüenza mientras contaminaba la era con el humo del tubo de escape al partir con su tartana. La satisfacción de la señora dependía de lo que él birlara antes de entregar los productos en la casa de los Cantalupo.

Una tarde de invierno, Diamante le pidió a vuestro padre, con susurros, que le concediera permiso para casarse con Gaetano, que ya hacía cierto tiempo que venía a casa a festejar con ella. El patriarca, medio dormido delante del fuego, la miró a través de la rendija del ojo que siempre dejaba entornado. Luego se incorporó, tosió y dijo que la hija de una comunista podía casarse con un aparcero, pero que debía saber que eso solo le iba a traer problemas.

Pasados unos meses, la tía se marchó con el anillo de su hombre en el dedo. Poco después murieron los suegros, mientras Diamante iba teniendo un hijo tras otro. Vivían en la zona más interior de Atri, desde donde no se veía el mar. Íbamos a verlos desde Tossicia y Cesare, al mirar a su alrededor, se enamoraba de aquellas tierras idénticas a las de sus sueños. Fue su cuñado quien le hizo saber que la propiedad colindante estaba en venta y quien lo animó a dar el gran paso. Quisiera comprarla yo, pero no tengo una lira, Cantalupo y don Cesidio me asfixian.

Y así es como pasamos a ser vecinos. El año que la tía Clarice estuvo con nosotros erais tres hermanas viviendo una al lado de otra. Diamante vivía a cuatrocientos o quinientos metros, pero, cuando los tractores paraban, llamabas a voz en cuello Diama' Diama' haciendo bocina con las manos y ella respondía quéééééé. Cumplía en silencio la profecía de su padre y trabajaba como una mula desesperada y orgullosa a la que solo la fuerza del odio mantenía en pie. Tú la ayudabas, siempre encontrabas un momento para correr con un hatillo entre las manos y un río de conversaciones con las que antes o después le arrancabas una sonrisa.

El amo no iba mucho a casa de los tíos, era un hombre enjuto con la cara picada por el rastro de un acné juvenil que ninguna riqueza había conseguido cicatrizar. Ejercía sobre sus súbditos un poder frío y duro, Diamante siempre le había temido y, cuando Gaetano no estaba, llamaba a los niños en cuanto el Mercedes blanco entraba en la era. Temía que él la molestara. Según las habladurías, Cantalupo poseía a las esposas de sus aparceros en heniles, tras las gavillas de trigo, incluso en los establos. Todos los lugares que le parecían excitantes. En la cama tenía bastante con aquella gallina desplumada que era su mujer. Con la tía no lo intentó nunca, solo una caricia en la mejilla con el dorso del índice mientras Gaetano miraba hacia otro lado. Pero Evuccia, casada con un labrador de una pedanía vecina, parió un niño idéntico al padre amo: de joven, el mismo acné le destrozó el rostro.

La señora, esa no se dejaba ver nunca, gobernaba desde lejos, le impartía órdenes al marido, el marido al capataz y el capataz al aparcero o a la esposa de este. Don Cesidio robaba a los campesinos y robaba al terrateniente, por lo que todo el mundo lo odiaba. Cantalupo robaba al prójimo el fruto de su trabajo, en cumplimiento de la ley injusta sobre la división de los productos entre las partes.

Diamante también era ladrona en su trabajo, ladrona sin culpa de criaturas y frutos nacidos entre sus dedos callosos y cubiertos de grietas ennegrecidas. Escondía comida para sacar adelante a su familia, para su hijo retrasado, que se pasaba el día entero sentado en la escalera con la mirada perdida tras el vuelo de una mosca y que luego, de repente, aplaudía.

La tía vigilaba los pollitos y los protegía de los zorros. A veces, tras un día de lluvia, encontraba un patito empapado y muerto de frío en la hierba, casi a punto de morir. Lo acercaba al fuego metido en un viejo calcetín de lana y lo alimentaba con una papilla muy fina a base de harina amarilla. Le ponía un nombre, Luigino, para devolverlo con dulzura a la vida. A veces encontraba por la mañana una bola de algodón cadavérica, pero la mayor parte de las veces el patito se recuperaba y regresaba a la era con sus hermanos.

En cuanto crecía, don Cesidio le echaba el ojo encima y decía ese que está delante del corral de los cerdos desplúmamelo para esta noche, Diama. La tía disimulaba y rápidamente cogía otro: Luigino era como un hijo para ella y murió de viejo.

Tener amo la hizo adoptar la costumbre de refunfuñar, por lo general contra el capataz. Un día de estos te ato a la encina a pleno sol y te hago sudar toda esa grasa. O como ese cerdo siga así le arranco la piel de la cara a tiras. No era fácil engañarlo, contaba los cogollos de lechuga, las cabezas de ajo y las cebollas, y lo anotaba todo en un cuaderno de páginas cuadriculadas con una caligrafía apretada y minúscula. Los tomates maduraban por remesas: al llegar la primera, don Cesidio calculaba la cosecha entera y la convertía en botellas de salsa para entregar a la señora. Si luego una granizada o la sequía destruían el huerto, no era problema de don Cesidio ni de los Cantalupo. Ya te apañarás con el Padre Eterno, seguro que has blasfemado, le respondía a Gaetano cuando este le pedía que redujera las pretensiones.

Diamante se escudaba en las incursiones de los zorros para justificar la desaparición de los pollos degollados de noche, al abrigo de las imprevisibles visitas de Sparacannone. Todas las veces que se dejaba caer por allí, el capataz preguntaba a los niños qué había para comer y los provocaba acusando a la madre de no poner nunca un plato de carne en la mesa. Bueeeeno, don Cesí, respondió una vez el mayor, ha hecho una tortilla con esos huevos pequeños que nos dejó usted el otro día. Luego se quitaba la escopeta de juguete que llevaba colgada al hombro y la apuntaba al pecho adiposo de don Cesidio, si quiere un pollo ya se lo mato yo, pum, pum. A aquel muchacho no lo engañaba nadie.

La trilladora era un dinosaurio rojo descolorido a causa del sol: por un lado engullía gavillas y, gracias a un sistema de poleas y cintas, por el otro expulsaba granos. Se desatornillaban algunas partes de madera colocadas bajo el vientre de la máquina y allí terminaba una parte del grano sin que el capataz, absorto contando los sacos que se iban llenando en la boca de salida, se diera cuenta. Además, don Cesidio ni siquiera se molestaba en esperar a que la trilladora saliera de la era, pues estaba demasiado ocupado con el transporte del trigo a los almacenes de su amo y con la habitual parada para aligerar un poco la carga. Era entonces cuando el campesino recuperaba y tamizaba su cosecha secreta, el pan futuro.

Gaetano, con la ayuda de Cesare, ocultaba rápidamente en el secreto de nuestro almacén los cuatro quintales sustraídos, que luego iba retirando poco a poco, según las necesidades. A mi padre, propietario pequeño pero feroz, le hervía la sangre al ver los atropellos que sufría su cuñado y, dado que las tierras eran colindantes, no le faltaban ocasiones para tenérselas tiesas con Cantalupo o su factótum. La primera, cuando llegó el momento de dividir los gastos para llevar el agua corriente a nuestra casa —nosotros éramos unos recién llegados— y a la de nuestro tío, que llevaba años reclamándola. El primer tramo es común y lo pagamos a medias, dijo papá, el segundo es solo vuestro. No, Cesidio dice que todo a medias. Cesare trató de hacerlo entrar en razón y de contener la rabia que le iba creciendo en el pecho. Procedió a trazar en la tierra, con un palo de madera, el recorrido de los tubos, deteniéndose sobre todo en el único segmento compartido. El tío escuchaba en silencio, apoyado de espaldas en la puerta de su viejo 600. Al capataz se le escapó un palurdo ignorante. Mi padre lo apuntó con los dientes de hierro de la horca, a la altura del ombligo, y le prometió que dentro de poco sus tripas iban a colgar de la cuerda de tender como si fueran las medias de las mujeres. El muy gallina se refugió en el coche de Gaetano y le gritó que arrancara enseguida. Más tarde, el tío nos contó los fuegos artificiales de pedos que se habían producido dentro del estrecho habitáculo. Eran el resultado del susto que se había llevado don Cesidio Sparacannone.

Con los años, a Diamante las cosas le empezaron a ir un poco mejor, a medida que los porcentajes de la cosecha se iban modificando en favor de los aparceros, que se veían abocados al hambre en los años magros. La tía recordó de quién era hija, se informó sobre sus derechos. Irguió la espalda y dejó de farfullar, si era necesario gritaba y amenazaba. Gracias a la ley número doscientos tres de 1982, que convertía los antiguos pactos agrarios en contrato de alquiler a cultivadores directos, se abrieron muchos contenciosos entre amos y campesinos, con el respaldo de las asociaciones del sector. No podía faltar la causa Gaetano contra Cantalupo. Se alargó durante años y, mientras, el tío se vio obligado a alquilar las tierras de otro propietario. Decepcionado con los sindicatos, renunció incluso a pedir una indemnización. Consiguió comprar un palmo de tierra con una casa de una sola planta poco antes de que le encontraran un cáncer de pulmón. Jamás había fumado. Jamás había respirado la libertad en el aire.

Cuando fui a verlo, un mes antes de que muriera, escupía moco espumoso en el vaso de plástico que sostenía en la mano. Me llegó su olor a gallina mojada. Estaba sentado en la cocina y se esforzaba por hablar. No conseguí beberme el zumo de fruta, servido en un vaso idéntico al suyo. Diamante, de pie detrás de él, le arreglaba con los dedos los cuatro pelos empapados en sudor. Me observaba, sin palabras.

Addolorata era un armario con patas, su trabajo consistía en reclutar jornaleros abruzos por cuenta de los grandes viticultores de la provincia de Verona. Salía roja y jadeante del 124 marrón y polvoriento tras derrapar en la era y preguntaba, sin molestarse en dar los buenos días, si querías ir con ella a la vendimia mientras se secaba la frente con un pañuelo no precisamente limpio. Un verdadero caporal recorre la comarca sobre seguro, sabe dónde hace falta dinero para la vuelta al colegio de los niños, para los libros nuevos y la ropa adecuada de cara al invierno.

A finales de verano la cosecha ya estaba terminada, los tarros de conserva ya estaban al fresco en la despensa, se podía ir y volver a tiempo para la siembra. Así que tú también probaste en algún momento el viaje del inmigrante, llenaste una maletita suficiente para un mes y medio y subiste al autocar de Addolorata. Te echaba mucho de menos, aunque ya era mayor y la tía Clarice venía a menudo a casa.

De pie en el carro de la uva, cortabas los racimos y los dejabas caer en un enorme embudo recto con la mano izquierda. Todo el día con los brazos extendidos hacia arriba, el zumo te goteaba hasta los codos y se amalgamaba con el polvo y la sal. Las avispas zumbaban a tu alrededor. Por la noche, te lavabas y reías con las otras mujeres en la gran casa de labranza, entre viñedos, y después de cenar charlabais en voz baja en la cama hasta que os vencía el sueño. Es lo que hacen las mujeres. No, yo no estaba, pero he perdido noches enteras con mis compañeras de universidad, por eso lo sé. Y por lo que tú me contabas al volver. De Verona me traías camisetas interiores y anécdotas de Addolorata, que se quitaba los zapatos en el tren y enseguida se apropiaba de todo el espacio para dormir cómoda. Me contaste aquella vez en que la despertaron en Brennero y le pidieron el pasaporte y ella dijo qué coño de pasaporte, si yo voy a Verona.

Murió una tarde de invierno mientras jugaba a los tres sietes con varios hombres en el bar de la plaza, en su pueblo. Cuando el cigarrillo le cayó de los labios, ya estaba muerta.

En aquellos años de la adolescencia, me enamoraba mucho. Supongo que debía de atravesar un estado febril, porque en cuanto se me pasaba un poco la calentura me enamoraba de otro. Hice de todo para encontrarme con mis novios: faltar a clase, mentir y decir que me iba a estudiar a casa de alguna amiga... Se me daba bien contar mentiras, sobre todo con papá, que era tan rígido. Tú colaborabas más, pero te las contaba igual para que no tuvieras problemas con él. Yo era una sinvergüenza, de acuerdo, pero no te las tragabas. Te ríes, o sea, que es verdad. Giuliano fue el más evasivo de mis amores, el único que me dejó. Quise envenenarme por él, ¿sabes? Tenías en el sótano un enorme barreño de plástico azul en el que poníais a marinar las olivas. Allí de rodillas, mis lágrimas caían en el líquido oscuro con la sosa cáustica disuelta. Llené un cucharón y me lo acerqué a los labios entreabiertos. Temblaba.

En aquel momento llegó el gato y me dijo miau. Me entró la risa y salpiqué a mi alrededor con aquella mezcla. Con aquellos ojos verdes e irónicos fijos en una dueña que estaba concentrada en un improbable suicidio con salmuera, maulló de nuevo pero estás tonta, y luego se puso a mirar con nostalgia los jamones. No, yo no hablaba con el gato, era él quien me hablaba.

Caías siempre en la trampa. Si llevaba a un chico a casa más de dos veces, te encariñabas sin remedio, y menudo disgusto cuando se acababa la historia. Me decías que si traía a otro chico a casa nos echabas a los dos escaleras abajo, pero no, te enamorabas otra vez, después de mí.

Quería ser lo contrario de la hija que esperabais y por eso me casé con Andrea. No es tan fácil, no fue solo por eso, pero en parte sí. Ahora ya te lo puedo decir. Me casé para oponerme a vosotros y me separé por mí misma. Así que mi traición fue doble. Cuando os dije que estábamos a punto de separarnos, tú llorabas y papá no dijo ni una palabra. Durmió unas cuantas noches en el establo para darnos a entender a mí y al mundo hasta qué punto lo habíamos degradado.

Sabían que tenían que dejarme libre. Y lo aceptaron, con dolor.

Andrea lucía bajo sus cejas de geométrica perfección unos iris tan oscuros que el blanco que los rodeaba a veces se acercaba más al azul. Me sedujo con su mirada lunar y la guitarra de doce cuerdas con la que acompañaba canciones en falso inglés improvisadas al momento. Era distinto, un ángel gitano casi privado de sentido del deber y también de culpa.

Había renunciado a un puesto de operador de procesos y colaboraba conmigo en un cargo inferior, como aparejador. Mientras la casa crecía, yo, la arquitecta, me pasaba el día al teléfono, corriendo a la obra, hablando con los albañiles. Terminada la casa, todos los domingos venían a comer sus padres, sus hermanos y sus sobrinos. Y se quedaban también a cenar. Yo cocinaba para todos. Y él, con el cigarrillo, en la *chaise longue* de cuero negro, escuchaba *jazz*. En la cama me esforzaba por darle placer, él no buscaba el mío ni yo se lo pedía. A veces tenía unas décimas de fiebre, me siento débil, decía, y se pasaba días enteros sin aparecer por el estudio. Yo estaba agotada.

En 1989, durante nuestro viaje de vacaciones, tuve el primer ataque de pánico. El ruido de los neumáticos en las juntas de la autopista reproducía los latidos cardiacos y las adelfas de la mediana se mecían al viento de los camiones. Creo que me muero, dije muy despacio, más para mí misma. Había saltado el tapón de una desesperación interior que desconocía. Había fermentado en mi corazón y en mi ceguera. De golpe, en el asfalto candente, pedía que le diera un sentido.

Mi madre es un río.

Eran un río sus cabellos oscuros y finos que la corriente dividía a ambos lados de la cara, ondas que le caían en cascada sobre el pecho; se peinaba por la noche, después de todas las tareas del día. Caminaba y cantaba mientras el río ondeaba al viento, pero solo a veces, normalmente se lo recogía en un moño. Hacia los treinta se cortó el pelo para siempre, se volvió insignificante, práctico.

Era un arroyo. Discurría uno no muy lejos de su casa y, en las noches más serenas de verano, admiraba la cascada desde la ventana abierta, mientras los perros guardaban silencio.

Es un río de antiguos recuerdos salvados, que repite a todo el mundo. Se aferra a ellos con fuerza para que su historia no estalle. Ya quedan pocos. Me ocupo de la suplencia, soy su escriba.

Mi madre era un río de palabras, ahora de frases estereotipadas. Cómo ha crecido Giovanni, aquí el que no corre vuela, qué frío hace esta mañana. Por teléfono no hace más que preguntarme dónde estoy. Saber que estoy en el trabajo la tranquiliza. Ha sido una constante de su vida.

Es un río seco que la nieve de los chopos sobrevuela. La sombra de las rocas cae sobre el lecho blanco y arrugado. Aquí y allá un charco de agua densa e inmóvil, lamido por los insectos.

Huele a muerte.

No faltó la cita con el fuego, la más frágil de tus hermanas. Serafina lo encendió cuando aún no se filtraba por la ventana que da al este ningún indicio del alba. Había barrido las cenizas y había dispuesto la leña en la chimenea nada más levantarse. Era uno de esos días en que se despertaba aún más temprano que de costumbre por alguna tarea importante.

Después de desayunar, vuestra madre enganchó a la cadena de hierro que colgaba sobre la llama un gran caldero de cobre lleno de agua, manteca rancia y escamas de sosa cáustica. Os dijo que no os acercarais, como siempre. Al lado había dejado el cubo de agua fría para añadir poco a poco e ir disminuyendo el hervor. Faltaba apenas un momento para la ebullición. Fioravante llamó desde el establo con su voz imperiosa y ella se plantó en dos pasos en el umbral para responder qué quieres. Clarice aprovechó para acercarse a mirar, justo cuando la mezcla subía y se desbordaba. Le dio de lleno en la cara, traicionada por la efervescencia de la sosa. Tenía ocho años y sentía curiosidad por aquel líquido amarillo y denso que crecía como por arte de magia. Tras ella, los gritos de la pequeña Nives, con las manos en el pelo. Permaneció muda una semana, pero a ella nadie la consolaba.

La tradicional aplicación de aceite de oliva en la piel empeoró el estado con el efecto fritura, el médico os lo dijo demasiado tarde. Lo más útil hubiera sido el agua del cubo, quién lo iba a saber. Gracias a un milagro de santa Lucía, según las vecinas, la niña quemada conservó la vista, aunque miraba a través de dos rendijas en un rostro desfigurado sin piedad.

Serafina nunca se perdonó a sí misma. Se acabó el jabón hecho en casa; los parientes y los vecinos os lo traían ya cuajado y cortado en trozos.

Clarice ha perseguido las sombras y la oscuridad durante toda su vida, se ha tapado la cara con el pelo y ha mantenido la cabeza gacha. Siempre ha hablado poco, para no llamar la atención, y se ha mimetizado con vestidos de color avellana. De joven nunca pedía vestidos nuevos ni zapatos. Os admiraba a vosotras, sus hermanas, sin envidia, con un corazón puro. Mejor para Valchiria, decía si vuestra madre decidía comprarle a ella tela para una falda, ya sabes cómo le gusta. Quería acompañaros al pueblo y, al mismo tiempo, desaparecer; estar, pero invisible.

Durante el año que pasó con nosotros, nada más trasladarnos compartí con ella una cama de plaza y media. Dormía siempre de espaldas a mí, quizá para no asustarme si me despertaba de repente. Su cuerpo emanaba el recuerdo de la leche recién ordeñada y me inspiraba dulces sueños.

Después de volver con sus padres, venía a vernos una vez al mes. Se casó, tarde pero se casó, con un viudo de Mutignano al que conoció durante una de esas visitas. Desmintió vuestras negras profecías de los momentos de burla. Un hombre dócil, más con el paso de los años. La quiso mucho y ella se dedicó en cuerpo y alma al hijo que él había tenido con su primera mujer.

Niños debió de desear y no querer, la pobre Clarice. Se sentía indigna de la maternidad por su discapacidad en la belleza, como si hubiera sido decisión suya. Jamás se lamentó del destino adverso, asumía la responsabilidad de una expiación tácita respecto a una culpa que solo ella conocía.

De su más tierno cariño disfrutaron sobrinos e hijastro, niños que otros habían traído al mundo.

Tú, en cambio, querías muchos niños, pero Cesare siempre se opuso y extremó las precauciones para no tenerlos. Solo uno, decía, porque tiene que estudiar. Más no podemos.

Hoy estás sentada como una auténtica viejecita. No es verdad, nos llevarás crisantemos a la tumba, vienes de una familia longeva. Qué tendrá que ver el abuelo Fioravante; murió a los sesenta y ocho años, pero porque le falló el corazón. A ti la cabeza, de acuerdo, solo un poco la memoria. Cuando te pones nerviosa, olvidas; si estás tranquila, se te pasan pocas cosas. Las historias antiguas siguen ahí, pero no es fácil que las más nuevas se graben.

Como los cereales: las provisiones están a salvo, pero una perversa tormenta puede dispersar por el campo los granos de las espigas crujientes listas para la cosecha. Nos ha ocurrido tantas veces eso de quedarnos con siete o cinco, en vez de recoger diez... Así son los recuerdos, si algo los molesta antes de que lleguen al almacén, se pueden extraviar. El trigo guardado también se estropea, eso no lo sabía. Ya entiendo, si hay restos de humedad se calienta y desarrolla insectos, los gorgojos.

Tienes razón, es papá el que hace que se te olviden las cosas cuando se enfada contigo. Alguna vez te entran ganas de mandarlo a tomar viento y venirte a vivir con nosotros. Pietro es bueno, es verdad, pero te sentirías muy sola mientras nosotros vamos al trabajo o al colegio. No, Pietro ya no, el que va es Giovanni, está en quinto. No te lo puedes creer, te parece que nació ayer y, en cambio, ya tiene diez años. ¿Yo? Cuarenta y siete. Pero ahora no puedo tener otro hijo. Lo intenté, antes, pero no llegó. Es mejor de joven, ya lo sé, pero me considero afortunada de ser la madre de Giovanni. Y quiero vivir mucho tiempo, para ver su vida.

Veo que has deshecho la labor de ganchillo. No iba a ninguna parte. Busquemos un patrón sencillo en algún número atrasado de *Tutto filet*. El mantel con dos ramas de rosas no me parece sencillo. El centro de mesa, sí, además es muy mono. Yo te ayudo, te hago de secretaria. Empieza una cadeneta de noventa puntos. No te preocupes, luego los cuento yo, mientras voy preparando la pasta. Ya tienes lista la salsa, ahora la pruebo.

En los fogones hay una cazuela con una tapa que no es la suya. Contiene dos dientes de ajo fritos en aceite de oliva. Me vuelvo a mirarla, está muy concentrada en el hilo. Debe de haber empezado a cocinar y luego se le han olvidado sus intenciones. Enciendo el gas y prosigo desde el ajo solitario, temo por un momento humillarla con la salsa que ella quería cocinar. En cambio, está contando con los labios, parece feliz. Se ha olvidado de la salsa y de mí, que estoy a dos metros de baldosas. Tararea un tema en voz baja. Espero que aparezcan las primeras burbujas en la superficie y bajo la llama. Vuelvo a sentarme a su lado, me inclino sobre sus manos para controlar. Chocamos con la cabeza, nos reímos.

Ciento dos, te deshago unos cuantos. Ya está. Retrocede siete puntos y allí haces un punto alto, tres cadenetas y así sucesivamente. No te preocupes, no es difícil, te ayudo paso a paso. Mientras, termina esta vuelta.

Pietro os daba miedo. Actor de teatro, sin horarios, sin oficio ni beneficio, sin esfuerzo aparente. Era, además, un muchacho huraño, que no hablaba casi nunca. Si saludaba, nadie se daba cuenta. Hicieron falta años para que os conmoviera con sus silencios. Hace algún tiempo que papá lo admitió: el mejor de todos nosotros.

Un domingo vinisteis a ver una obra suya. Cesare se divirtió, tú te quedaste dormida. En serio. Estabas demasiado cansada después de la estación del heno. No te preocupes, Pietro no te vio. Si quieres, le preparamos algo entre las dos, llega más tarde con Giovanni. Así te haces perdonar, ¿no?

Y, en cambio, ha sido mi único hombre libre. De entre la modesta colección de chicos que exhibía ante Esperina como prueba viviente de que yo también era digna de amor. Prisionera de un juego ciego, se los llevaba —tan distintos unos de otros— para demostrarle de una vez por todas lo mucho que se había equivocado al no quererme lo suficiente. Mira, todos me quieren y no pasa nada. Me pasé lustros repitiéndoselo.

Pietro era peligroso para mí, no lo controlaba. Tuve miedo, pero sin tener que ponerme a cubierto. Podía controlar mi temor. Sola en la casita de campo que había alquilado, con un sauce delante, lo esperaba a última hora de la tarde en la cocina y en la incertidumbre. Notaba los sentidos tan tensos, agudizados por el deseo, que escuchaba el motor de su coche cuando giraba a los pies de la colina y luego cuando cambiaba de marcha en la cuesta, primera, segunda, tercera. Corría para recibirlo junto al sauce, ajena a toda prudencia. Me había perdido en un amor nunca visto.

Incluso ahora, mientras llueve de noche, permanezco un poco despierta y escucho las gotas que caen en la calle y en el tejado de enfrente o que se estrellan contra los cristales si el viento las acompaña hacia aquí. Entonces disfruto de la casa, y él, a mi lado, duerme. Quién sabe si el agua se cuela en sus sueños. Entro en la órbita de su rostro, soy testigo de su respiración. Entre cartílagos desviados, mucosas hipertróficas y conductos obstruidos, el aire suena en busca de un camino, se interrumpe, retoma, acelera, se calma. Lo oigo, lo animo cuando se acerca al punto por el que más le cuesta entrar, contengo el aliento si se para, empezamos juntos de nuevo.

Cuánto trabaja de noche para seguir vivo. Y yo, en su sueño ignaro, le robo el aliento que espira. Este compañero extraño y valioso, que siempre puedo perder, me pertenece solo un poco.

Con Pietro no tienes bastante. Quieres que te hable de cuando llegó Giovanni. Él también se hizo esperar. Salí de cuentas, pero pasaban los días y no nacía. Yo los iba contando, uno, dos, tres, una semana, más. No estaba angustiada, vivía de algo inminente. Antes de que se acabe la pastilla blanca con que nos lavamos las manos, o la sal que queda en el paquete, o de volver a cortarme las uñas, pensaba, nacerá. Llamabas a la hora de comer y a la hora de cenar; sin saludar siquiera, preguntabas: ¿novedades?

Rompí aguas la noche del solsticio de invierno y todos corriendo al hospital. La aguanieve se estrellaba contra los cristales del coche, frenaba nuestra marcha. Llegasteis mientras me llevaban al paritorio, os saludé con la mano. Me di cuenta, ¿sabes?, tenías una lagrimita a punto de caer.

Después del esfuerzo, me llegó desde un abismo de carne convulsa la música de mi hijo: llanto, respiración, succión, y yo que seguía sin verlo. Pregunté dónde estaba y me lo pusieron junto a la cabeza, ya envuelto en una mantita, aquel ser jadeante, húmedo y vivo. Se chupaba con desesperación el puño derecho. Reí, lloré, no sé, Pietro tenía las manos en mis mejillas y en mi pelo sudado. Estábamos ante nuestra criatura.

Al otro lado del pasillo y del cristal opaco se encendió para vosotros una luz azul intermitente. Cuando os lo enseñaron ya estaba en su postura preferida: piernas encogidas, culo en pompa y dedo en la boca. Sus ojos abiertos causaban asombro, en otros tiempos los recién nacidos tenían los párpados cerrados incluso cuando estaban despiertos, como las crías de conejo y gato, recordó papá.

No querías dejarnos, te quedaste conmigo en la habitación número cinco. Tenía el camisón manchado de sangre, pero dijiste no pasa nada, no te cambies, porque estaba temblando de frío y de felicidad. Me pusiste una manta encima y luego, en el silloncito del rincón, te cayó encima el cansancio del día. No dormí en toda la noche, tu respiración se sincronizaba con la de la otra puérpera. Intuía, en el exterior, el murmullo débil de un acontecimiento extraordinario: cayeron cuarenta centímetros de nieve. Esperaba que me trajeran a Giovanni. Tú tampoco dormías, desde la cama te notaba relajada y atenta. A intervalos variables te acercabas a comprobar si tenía fiebre poniéndome una mano en la frente, como a una hija pequeña. Veía tu silueta rotunda mientras se movía en la oscuridad parcial.

A las seis me devolvieron a mi niño, estaba exhausta por la separación. Lo mirábamos las dos juntas, bajo la luz de neón. Su largo permanecer dentro de mí, mientras el agua se secaba a su alrededor, le había proporcionado una epidermis seca de viejo, que en la superficie se despegaba y caía en minúsculas hojas transparentes. Pétalos parecían; teniendo en cuenta la piel y los movimientos de las manos afiladas, susurré: he parido a mi abuelo. Se parecía al bisabuelo Rocco, desaparecido pocos días después de que concibiéramos a Giovanni.

Hoy vamos a la peluquería. A la de Lina, como siempre.

Me gustaba tu pelo largo, lo observaba al atardecer mientras te lo arreglabas en tu habitación, cerca de la ventana que daba al bosquecillo. De pie, te movías en el espejo mientras hablabas conmigo. Una vez suelto el moño y deshecha la trenza, el río negro fluía en libertad por tu espalda. Era un río, te lo juro, que peinabas mechón a mechón con la cabeza un poco inclinada para facilitar el movimiento del brazo. Me quedaba allí, boquiabierta, admirando tu tesoro y la forma en que lo cuidabas. Era el único momento del día en que perdías las prisas y la energía, la lentitud me ayudaba a conciliar el sueño.

Más tarde me metía en vuestra cama y buscaba tu pelo con la cara, con la nariz, dejaba que los mechones se me escurrieran entre los dedos como si fueran hilos de seda. Una vez, de mayor, soñé que tu pelo moreno era algodón de azúcar y que me lo comía poco a poco. No, no te quedabas calva porque era infinito. Un sueño muy raro, la verdad.

En casi todas las fotografías sales con la melena recogida. Pero mira esta, es mi preferida, la luz oblicua te ilumina el rostro y esbozas una sonrisa. Y mira esta franja undívaga que te roza la mejilla, se apoya en el hombro y luego desciende hacia el seno, como un velo oscuro y lúcido. No me gustan las fotos en las que posas, mira, aquí hay una, estás en posición de firmes y con los ojos abiertos de par en par.

O un árbol.

Tenía las ramas altas, no llegaba. Se cubría de flores color viola, como su nombre, y yo estaba allí, para admirarlas desde cierta distancia. El perfume era dulce. Alguna flor volaba con el viento, podía cogerla y olerla de cerca. La más fresca me la ponía encima de la oreja, prendida en el pelo. Comprobaba entre el índice y el pulgar la consistencia de los pétalos.

Luego crecían los frutos. El tronco era liso, sin apoyos para las manos o los pies. Me pelé la rodilla y no conseguí trepar nunca. Saltaba inútilmente para agarrarme a algo. Al final me quedé en el suelo, decepcionada. A seguir esperando. La caída de un fruto demasiado maduro, que mordía con cuidado para evitar la parte podrida. O la arrancaba al primer bocado y la escupía para después disfrutar en paz de la parte buena.

Mi madre era un árbol. Recibí su sombra.

Mi madre era una mariposa pequeña de cuerpo regordete, la *Hesperia comma*, de alas cortas y vuelo a trompicones. Soñaba con tocar su belleza humilde. Fue el principio de todos mis deseos, la madre de cada soledad.

Una noche me fui a dormir con la certeza de que no volvería a despertarme. El corazón me había dado un vuelco, señal de que pronto iba a pararse, durante el sueño. El presentimiento era tan fuerte que estaba convencida de que se iba a hacer realidad. Después de beber un poco de agua en la cocina, lavé el vaso y lo dejé boca abajo para que se escurriera. Me desnudé, doblé la ropa y la dejé con cuidado sobre la silla que estaba junto a la cama, menos los calcetines, que colgué en el respaldo. A mi madre le dije que me iba a morir, que mi corazón se saltaba latidos. Me dijo que me dejara de tonterías y a dormir. ¿Podía dormir en su cama, con ella? No, no podía.

Me metí bajo las sábanas, cabeza incluida, temblando de frío y de miedo. Respiraba con la boca abierta para calentarme con el vapor. Luego, asomando hasta el cuello, recité mis últimas plegarias con la vista puesta en la mañana siguiente.

La niña que no responde cuando la llaman, la madre desesperada que la zarandea en la cama, el horrible descubrimiento del cadáver ya frío y rígido. Y los gritos, el tormento de mi madre. Se arrancaba su famoso cabello y les gritaba a todos los que habían acudido: me lo dijo y no la creí. No le permití dormir una última vez con nosotros. Lo dejó todo perfectamente ordenado la pobrecilla, mirad, la ropa doblada en la silla y los calcetines separados, colgados del respaldo, el vaso en el que bebió agua boca abajo en el fregadero, como la enseñé. Y, ahora que lo pienso, ayer parecía un poco triste, pensativa, y yo ni me acerqué a ella porque no tenía tiempo.

En el momento álgido de la escena me empezaban a escocer los ojos, se me hacía un nudo en la garganta. Luego me brotaban lágrimas calientes y silenciosas, resbalaban por las volutas de las orejas hasta empapar el pelo y la almohada. Lloraba porque ella me lloraba. Y desde la piedad me deslizaba insensiblemente hacia un sueño bañado en llanto y reconfortante. Se había negado hasta donde era posible. Por la mañana tendría todo su dolor.

Mi madre no tenía manos para mantenerme de una pieza mientras me desmoronaba, no escuchaba el crepitar, ajena a mi mundo interior. Aquella noche me soñé en forma de leche cuajada, de queso fresco que ella apretaba. No pudo contener las angustias de la niña. Se convirtieron, más tarde, en ataques de pánico, pesadillas y, todavía hoy, un sutil malestar.

Aquella se convirtió en la fantasía de todas las noches. Por la mañana me despertaba viva y decepcionada. No había acaparado su atención muriéndome. Me recomponía como mejor podía, me ponía la ropa doblada sobre la silla y los calcetines colgados del respaldo.

Las muñecas me volvían loca, ¿te acuerdas? Me las regalaban las tías. Una de ellas medía cincuenta centímetros, puede que sesenta, y era de plástico duro, pero los brazos, la cabeza y las piernas se podían girar. Un poco inquietante, se podría decir, con aquella mirada vítrea y fija, celeste, enmarcada por una melena negro azabache. Cada pepona tenía un solo vestido y yo quería cambiárselos, así que con tu ayuda tejía faldas y jerséis de ganchillo. Encontrábamos por casa restos de madejas y me enseñabas la técnica. Estaba obsesionada con ese juego de pequeña madre y no me despistaba nunca. Antes de dormir las tapaba a todas con una bufanda de lana multicolor y les cantaba una nana entre besos y caricias. Dices que me entrenaba para la maternidad, pero no creo. De mayor nunca he vuelto a tejer.

La auxiliar del delantal con peto me acompaña a la habitación. Digo buenas tardes y me acerco a la cama con barandilla. La voz, a mi espalda, me indica en tono diligente que el enfermo no responderá, no habla, no mastica, solo caldos, así que mejor quitarle los dientes que le quedan, se le han roto y a veces se corta la lengua. Me deja con Orazio.

Los ojos son de distinto color, de un azul antinatural, velado por las cataratas, casi fosforescentes en la escasa luz gris. A lo mejor ya no ve y ni siquiera lo sabe. Bajo los pómulos, la piel exangüe está chupada hacia dentro y los labios, entreabiertos, se estiran apenas sobre los pocos dientes podridos que le quedan. La boca, un agujero negro, emana un olor mucoso que ni siquiera tiene fuerzas para ser desagradable, más bien huele a pantano. Del intestino sube un borboteo.

El rostro está dominado por una prepotencia ósea, se adivina ya la futura calavera bajo la frágil epidermis. El cuello del anciano, una puntiaguda nuez de Adán en un haz de músculos vacíos, está apoyado en los tres almohadones que le mantienen la espalda un poco erguida.

Lo llamo varias veces, para creérmelo. Me sorprendo observándolo, buscando en él a mi madre de mañana. Él también es una luna dolorosa.

En el estómago, una náusea ligera, o un deseo de huir. Tengo que recordarme que Paola, una amiga, me ha pedido que esté presente hoy, que el dentista viene a extraerle los dientes a su padre y que ella tal vez no llegue a tiempo, tiene turno en la fábrica.

Me sobresalto cuando esta criatura terminal emite un débil lamento. Le acaricio la frente con el pulpejo de las manos y pienso en cómo debía de ser antes. Así nos encuentra el odontólogo, que llega escoltado por la mujer del peto. Ella me pasa con naturalidad un par de guantes, si quiere puede ayudar al doctor, me dice, y luego se da la vuelta sobre sus zuecos blancos y se dirige a la puerta. El dentista extiende con calma una tela quirúrgica en la mesita que está a los pies de la cama, la que usan para servir las comidas, y luego alinea las pinzas, los elevadores y la jeringuilla. Respondo a las preguntas sobre el estado de Orazio, él le inyecta la anestesia. El lamento se repite y el médico alza la cabeza en un gesto interrogante, lo tranquilizo. Luego me basta un gesto suyo para comprender que debo mantener la boca abierta con las manos. Con las primeras maniobras de extracción, el rostro se le contrae en una mueca, el dentista se detiene y nos miramos perplejos desde lados opuestos de la cama. En ese instante llega Paola, jadeante. Nos tranquiliza, su padre ya no es consciente del dolor. Y cómo lo sabes, casi le grito. Dale un pellizco, pero fuerte, y ya verás que ni se inmuta, me desafía.

Podría marcharme, y, en cambio, me quedó allí, fascinada. Pregunto si ese aparato es para arrancarle la raíz de la encía. No, del hueso, responde el dentista, casi divertido. Al final nos muestra los muñones oscuros entre las ramas de la pinza, solo en la punta hay un poco de sangre. Los deja sobre la tela y envuelve el instrumental con cuidado. Ya está, se despide. Mi amiga le habla a su padre, lo llama por su nombre. Me fijo en el peluche que está sobre la mesa, se lo habrán traído sus nietos. Beso a Paola en las mejillas y a él en la frente, huyo y dejo atrás el pasillo maloliente, la salita de calor asfixiante, las siluetas curvas y vagamente humanas, la televisión a todo volumen, el suelo de linóleo con los bordes levantados, las escaleras de mármol de la entrada y todo el dolor que ocurre allí dentro.

Vuelvo corriendo a casa y me lavo las manos mucho rato. Abrazo con fuerza a un perplejo Giovanni y le digo vamos a casa de la abuela.

El abuelo murió durante un amanecer de junio, ya abrasador, el primer día de mi examen de selectividad. Por la mañana no lo sabía, no queríais que me pusiera nerviosa. Algo me olía, pues te habías quedado a dormir en casa de tu madre.

Papá vino a recogerme al terminar el examen de italiano, me esperaba con expresión grave. Fioravante se ha ido, me dijo. Echamos a andar en silencio, uno al lado del otro. Después de unos cuantos pasos cambió de sitio, mi padre siempre tiene que estar en la izquierda cuando camina al lado de alguien. Es como las vacas cuando labran, no puedes cambiarlas de sitio. Llegamos a la casa de Valle Medoro, la que construyó el abuelo para marcharse de la montaña también él. Ya era viejo, había conocido la tierra fértil de las colinas y a los hijos de Nives, sus últimos nietos. Y también la dulzura pegajosa de la uva negra, el rubor de la granada que elimina el sabor áspero de las semillas, la poda del olivo. Con los años había adoptado una semblanza con aquel tronco nudoso y retorcido: los pelos supervivientes se parecían a las hojas cuando el viento les daba la vuelta y las convertía en confeti gris. Primero te vi a ti en el pasillo en penumbra. Me estrechaste los hombros mientras decías papá ya está en el cielo. Luego estaban las tías en fila, pegadas a la pared. Mi llegada había reactivado el llanto. La tía, la tía murmuraban mientras se retorcían las manos.

El abuelo descansaba sobre la manta abruza de la cama de matrimonio. ¿Quién se habría encargado del bigote de puntas rizadas, cortado con finísima precisión? Puede que papá, con las tijeritas que usaba para el suyo y ay de quien se las tocara. El rostro parecía del más allá, aplacado, impregnado por su habitual carisma. Estaba cubierto por un velo de gasa blanca, y una mosca se empeñaba en posarse encima, a la altura de la nariz o de la boca. Serafina estaba sentada en una silla al lado de la cama, afligida y compuesta. Había querido que todas vosotras, sus hijas, salierais cuando yo estaba llegando. Ya iba vestida de negro, y la medalla de oro de la Virgen destellaba sobre el jersey; en el puño abandonado sobre el regazo tenía el pañuelo con el que se secaba las lágrimas. Se levantaba a espantar a la mosca. Me senté al otro lado de la cama y nos hablamos con la mirada, después contemplamos largo rato a su marido. Yo espantaba la mosca. En un momento determinado, ella me pidió que le hiciera la señal de la cruz. Dije que no y, a cambio, apoyé la mano sobre la del abuelo, entrelazadas a la altura del pecho. Nos quedamos así un rato, luego aparté un poco el velo y le di un beso en la frente. Estaba fría y dura, reseca en aquel bochorno sólido.

La gente empezó a llegar más tarde y luego vinieron los de la funeraria. Me escondí en la despensa; acurrucada en un rincón oscuro, olí el aroma de las provisiones de Fioravante. Un polvillo dorado flotaba suspendido en la poca luz que entraba por la puerta ajustada. Escuchaba el impacto ligero de mis lágrimas en el suelo de ladrillo, veía a través de la lente que formaba mi propia agua.

Cuando estaba a punto de empezar el funeral, papá vino puntualmente a buscarme. Me llamó en voz baja desde fuera.

La última parte del camino antes del cementerio no la hicimos en coche, caminamos bajo los pinos sobre la grava que crujía, jugando al escondite con el sol. Así lo habría querido Fioravante. Respirábamos el humo del tubo de escape del coche fúnebre. A esa misma hora, mis compañeros doblaban como si de un acordeón se tratase las hojas con las fórmulas para el examen de matemáticas. Al día siguiente se las meterían en el bolsillo.

Ante nuestra mirada, el empleado municipal trabajó para inhumar al abuelo. Ruido de pala que se hunde en el cemento, de espátula que lo aplica, de ladrillos que caen. Escuchaba, exasperantes, los golpes del martillo en el corazón.

En octubre del mismo año le tocó al otro Viola, Abele. Claro que me acuerdo de tu tío paterno, era la viva imagen del oso Yogui. Fioravante lo consideraba un poco simple, gordo e imbécil, pero lo decía en broma. Los padres no se acostumbraron nunca a aquel hijo bonachón e inepto, con tendencia a la gordura y las deudas. Con estas compró lo que el hermano, tan despierto, no tuvo nunca. Un medio de transporte para hombres y animales de talla mediana: el Ape. Siempre lo cuidó y lo mantuvo limpio como el primer día. Era uno de aquellos modelos abombados, de un color indefinido entre el gris y el azul. Visto de frente parecía una gallina chismosa.

El Ape, con esas ruedas convergentes, se vuelca a la primera de cambio: en las curvas, en el hielo, en las pendientes empinadas. Hay que tener cuidado al distribuir la carga en la parte de atrás, porque si no se coloca de forma simétrica es más fácil que vuelque. Cuántas veces le pasó al tío Abele, es verdad.

Él y Palmira, su mujer, se apretujaban en el habitáculo. Al cambiar de marcha, él le rozaba el costado con el codo. Se ponían la ropa de los domingos y bajaban al pueblo a comprar. Apúntamelo, le decía ella al tendero, y pasaban a pagar cuando vendían los cor-

173

deros de Pascua o la cosecha, puede que meses más tarde. Sí, ya sé que el abuelo nunca hizo algo así, antes prefería pasar hambre. Ya, perdona, nunca pasasteis hambre.

El tío no quería que el Ape estuviese en la calle, siempre lo guardaba en el henil, cubierto y seco. Cuando conducía se mostraba alegre y locuaz, levantaba la voz por encima del ruido del motor y gesticulaba con los brazos, soltando peligrosamente el manillar. Yo subí pocas veces: me divertía, pero tenía miedo de volcar, así que en las curvas me inclinaba para equilibrar la fuerza centrífuga y él soltaba una carcajada y me decía anda ya, si pesas diez kilos.

Murió en un accidente con el Ape. Sus hijos hicieron traer a casa el triciclo abollado, porque era lo que él hubiera querido. Uno de los laterales estaba intacto, la tía Palmira hizo que pegaran a la pared del henil el otro, destrozado, para no verlo nunca más. Pasados unos días fui a visitarla y me quedé allí hasta la noche. Valanga, el pastor de Maremma de la familia, se pasaba el día tumbado junto a la rueda delantera y había dejado de comer. Me acerqué, vencí la resistencia de la manija y respiré hondo por la nariz. Cada coche tiene un olor distinto, que madura con los años igual que el vino. Allí estaba el olor del Ape, el olor de mi tío: axila sudada, poco pelo, zapatos, memoria del aliento. Allí estaba el asiento con la huella del peso del conductor y, al lado, más pequeña, la del pasajero. La vieja piel sintética, endurecida, ligeramente agrietada como una tierra desierta.

Me senté con cuidado en el sitio de mi tía. El frío me llegó a las piernas a través de la falda. Luego, los cristales empañados por mi aliento. Abrí la ventanilla para ver el exterior. Nada más cerrarla otra vez, volvió a formarse a mi alrededor aquel huevo gris. Pensé largo rato en el tío Abele. Cuando bajé, el henil ya casi estaba a oscuras. Al dar el primer paso rocé con el tobillo el hocico del perro.

Te hablo de muchos fantasmas. Tan fuertes cuando vivían, con el paso de los años se convierten en figurillas sin poder, casi patéticas. Han cometido el error de irse antes que nosotras.

Mi madre era instrumento de la música, su cuerpo, una viola, cuando cantaba con los labios cerrados haciendo vibrar las cuerdas.

Estoy cansada de ella. De cargar con las señales en esta vida. No me he librado, dejo que siga ocupándome. Que me infeste. Reacciono y pierdo tiempo. Continúo dando vueltas en círculo sin encontrar la forma de alejarme de su órbita y dirigirme a otros mundos. Y, en esa inmadurez, voy envejeciendo.

Se mueve por habitaciones oscuras. De vez en cuando me ve, más allá. Coge el metro con la mano, me lo acerca. Como de costumbre, no la correspondo. Intenta un ataque. Este pelo que nunca me peino. Mi forma de andar como un perro apaleado, pon recta esa espalda. Lleva toda la vida diciéndomelo. La miro como el perro mira el palo, renuncio a morder. Aprieto los dientes.

Unos días en Pompeya, Sorrento. Giovanni bebe limonada en los puestos. El vendedor ambulante que está justo debajo del hotel intenta venderle la camiseta del Nápoles, él no cede y compra la gorra del Inter para Cesare. Le cuento que mis padres solo viajaban por trabajo y que se permitieron alguna que otra visita a parientes lejanos. Entonces quiere saber dónde, cuándo, a casa de quién. Se entusiasma con el tema, le sabe mal por los abuelos. Ir de vacaciones le parece lo más normal, lo que hace todo el mundo. No sabe cuánto cuesta esa normalidad, lo culpable que me siento por mi madre. Me educó en el sacrificio, el despertador sonaba a las siete cuando el colegio aún estaba cerrado para que no me acostumbrara al ocio. Decía que el aire fresco de la mañana sienta muy bien.

Desobedecí y soy culpable por cada felicidad gratuita. Por cada vez que no tengo que echar el hígado. Mido el alcance de mi traición.

Te queda bien el delantal, te lo ha comprado Giovanni en Pompeya, estuvimos en el puente del 1 de mayo.

DONATELLA DI PIETRANTONIO

En Pompeya, donde la erupción del Vesubio. No, no da miedo, ahora no está en erupción. Se lo dije a papá, a lo mejor se le olvidó comentártelo. En Pompeya, sí. Ya, me acuerdo de que lo estudiaste en el colegio, me hablabas de los cuerpos petrificados.

Vosotros también podríais ir. No digas que sois demasiado viejos, lo que pasa es que no estáis acostumbrados. Aunque hace muchos años fuiste en tren a ver a la tía Lucianella, que emigró al Piamonte. Sí, exacto, Cesare es su hermano. Pero no ibais de vacaciones, claro, aceptasteis después de invitaciones casi amenazadoras. Y Vercelli no es que sea precisamente un destino de veraneo, sobre todo a mediados de otoño, como aquella vez. Era la mejor época para dejar la casa, terminada la siembra, de los animales podía ocuparse por unos días el tío Remo, que ya no trabajaba en Suiza. Yo no, yo fui a verla un año en Navidad, recuerdo la carretera siempre recta y el horizonte húmedo sobre el capó del coche, y luego la granja grande en la soledad de los arrozales.

El tío Marcello trabajaba en la finca agrícola con las máquinas, la tía en el servicio de los propietarios. Allí también murió una madre, por una distracción. La dueña, que había salido a comprar, no volvió a casa a la hora de comer. En las tiendas de siempre no sabían nada. Batieron hacia atrás, despacio, el asfalto liso, sin encontrar rastros de frenazos ni nada. Y después de horas de búsqueda, allí estaba en la niebla, con la cara sobre el volante retorcido, la boca y los ojos abiertos. El marido, incrédulo, solicitó una autopsia, pero todo era normal. El tío Marcello sigue diciendo que es imposible salirse de la carretera en un tramo tan plano. Dice que seguramente la grisura le invadió el corazón y se olvidó de vivir. Aquellas eternas nubes bajas, cuenta como emigrante que ha regresado a la luz del sur y menea la cabeza.

La tía crio a los huérfanos de la señora y así hizo las paces con su propio luto. Perdió a su madre cuando era pequeña, ¿te acuerdas? Maria Concetta, tu suegra y tía, mi abuela y madre añorada de Cesare.

Pero divago, estábamos hablando de vuestras vacaciones en Vercelli. Perdona, no eran vacaciones. Desde aquel rinconcito, al que no le faltaba un reclamo secreto, os fuisteis al valle de Aosta y desde allí enviasteis postales de Courmayeur y del Mont Blanc. Pero nuestras montañas, dijiste al volver, en invierno parecen hogazas de pan con cuajada por encima, mientras que en otras partes de Italia las cimas son demasiado puntiagudas, dan miedo. Ayudaste un poco a la tía, normal, no podías estarte quieta. La última noche ella os preparó una *fondue* y tú, acostumbrada a comer siempre de todo, pero de todo todo, fuiste incapaz de probarla. Te quitaste el hambre comiendo mandarinas, la *fondue* es un plato único, te dijeron, no había nada más.

Vamos a preparar la comida, he comprado *taiaticci*. Sabes que yo no soy capaz de hacerlos, los he comprado en una tienda de pasta al huevo. Mientras hablamos, vamos a pelar las habas que papá ha recogido esta mañana. Son muy frescas, después de un día ya pierden el sabor. También he traído unos cuantos guisantes, desgranarlos me relaja. Atención, aquí dejamos las vainas, y allí, en ese plato, los granos. Sofrío en el aceite una cebolla nueva cortada muy fina y añado las legumbres, también unos dados de tocino del famoso cerdo, el que papá degolló a principio de año. Mientras, cuelo los *taiaticci* al dente y reservo un poco del agua de cocción. Una vez condimentados, hay que dejarlos tapados unos minutos, así cogen mejor el sabor. Nosotros, además, añadimos guindilla en el plato.

Yace con el rostro de cera dura, los labios apretados en la acostumbrada mueca de desaprobación. Las manos, cruzadas sobre el pecho, parecen un montoncito de leña seca. La velo bajo la luz amarilla de las velas, el aire está impregnado del perfume de las flores ya marchitas. Las observo y, como si lo hubiera provocado mi mirada, un pétalo cae con un ligero susurro. Me levanto y le acerco la oreja a la boca, puede que la vida aún evapore de ella. Vuelvo a sentarme, me pongo en pie, inmóvil aparte de la respiración.

Su cuerpo se yergue de golpe hasta formar un ángulo recto, el busto gira y se inclina en mi dirección. Recibo la bofetada en plena cara, con todas sus fuerzas. Vuelve a tenderse como si fuera una muñeca mecánica. El escozor que noto en la mejilla es como un sol rojo con cinco rayos.

Mi madre me despertaba con los timbrazos del teléfono cuando era fiesta. Para ella era una jornada laboral como cualquier otra, estaba levantada desde las cinco y le parecía natural llamar a las siete y media. Me enfadaba con ella todas las veces.

Ahora me despierta con un sueño algunos domingos. Es la señal, quiere que vaya a verla. Me voy antes de que Giovanni y Pietro se levanten. Volveré más tarde y tendremos todo el día para nosotros. Sopla el viento. La bofetada era la contraventana que daba golpes.

Durará poco, es un viento amarillo sin esperanzas, que se ha escapado por alguna puerta de la montaña. El bosque madre ya lo reclama, como si fuera un niño desobediente. Me gusta cuando para el viento, el campo parece suspirar de alivio y se recupera despacio del agotamiento. Las plantas despeinadas se yerguen en la posición habitual, las hojas alborotadas giran en torno al pedúnculo, hacia el sol. ¿Oyes lo débiles que son las últimas ráfagas? Me enseñó el abuelo Rocco. A leer las nubes y el viento. Me acercaba a él en la terraza y él interpretaba para mí, en voz alta, el cielo del atardecer, pronosticaba el tiempo del día siguiente. Ignorante de los puntos cardinales, usaba como referentes las montañas y las colinas. Cuando se volvía negra la nube detrás de Colle Mancino no había escapatoria, el heno se recogía antes del amanecer y de la inevitable lluvia, aunque no estuviera del todo seco. Estudiaba la configuración general del cielo, las formaciones nubosas, el aspecto y el color. Del viento, la procedencia y la fuerza. Contrastaba los datos con la temperatura y la humedad y con las estadísticas a ojo de los sucesos atmosféricos anteriores. En el fondo, era mucho mejor que Bernacca, con todos los años que este había estudiado.

Siempre sintió predilección por Fabrizio, su nieto varón, pero de mayor se encariñó conmigo. Le fascinaba que todos los días alguien me buscara en el estudio, ¿cómo era posible? Solo yo podía cortarle las uñas, con la mano ya extendida me pedía que no me pasara, porque si no tendría frío en la punta de los dedos.

Para sentarme prefiero la piedra del hogar. No sé por qué nos ponemos aquí incluso cuando hace calor y el fuego está apagado. No hace falta encenderlo, ya llega el verano. Apoyo la cabeza en tus piernas, si no te molesta. Cuando yo era pequeña, no podías sentarte ni un momento que enseguida te ponía la cara en el regazo. Descubría el olor de la falda, una mezcla de tus muchas tareas, desprendía notas de salida y de fondo, como un perfume caro. Olía a verde después del trabajo en el campo de alfalfa.

Ahora puedo contárselo todo sobre nosotras, sin piedad. Lo olvidaría enseguida. Solo le infligiría una herida efímera. Fantaseo con la idea y no me invento el valor para ser tan cobarde.

Me faltan la gracia y la ligereza. El lastre me mantiene en tierra, los dientes chirrían en los eslabones de la cadena. Le he puesto el nombre de mi madre a cada uno de mis límites. Le he atribuido mi vuelo torpe. Ella es mi pretexto. Es causa y motivo.

Mi madre es un árbol. A su sombra me he justificado. Se va secando y la sombra se reduce. Pronto quedaré al descubierto.

Cuando llego, el atardecer exhausto se proyecta sobre la silueta del Gigante que Duerme. La cancela emite el mismo chirrido que cuando la montó el herrero Artibano, a mediados de los setenta, y cuando llega al final hace tac. No subo, me siento en un escalón y apoyo la cabeza en la pared aún cálida del reciente sol. Oigo a mi madre arrastrar una silla en la cocina.

En estas escaleras crecieron mis estudios y mis lecturas, entre las llamadas a cumplir con las tareas domésticas. Aquí preparaba los exámenes orales del curso de verano, aquí estudiaba para Historia del Arte. Entre una página y otra, disfrutaba del cielo y me apasionaba con detalles enervantes, las proezas de las nubes me agarrotaban el cuello.

Huelo la piedra blanca, desprende el agradable olor de todas las lluvias caídas. Mi madre me sorprende así, sobre los poros del travertino.

No, no me encuentro mal, tranquila. Se me ha caído una moneda. Siéntate un momento tú también, mira qué tarde tan bonita. Se encienden todas las estrellas. Y alguna luciérnaga, mira. Me encantan las luciérnagas. Cuando eras pequeña te prohibían encerrarlas dentro de la mano, decían que te saldrían verrugas. Lo mismo si contabas las estrellas con el dedo. No, yo no estaba, me lo contaste tú mucho tiempo después.

Quieres que te lo cuente todo desde el principio. Enseguida empiezo, he venido para eso.

Tú eres Esperina Viola, mi madre. Como una viola naciste el 25 de marzo de 1942, en una casa situada en la frontera entre los pequeños municipios de Colledara y Tossicia. Eres hija de un permiso militar y también lo son algunas de tus hermanas.

Haz caso: a los delincuentes que van por ahí robando nunca les pasa nada, a los buenos siempre les pasan desgracias. Ya no hay sitio en esta tierra para las buenas personas

Tu tío es un desgraciado, solo piensa en su huerto mientras tu padre se mata a trabajar para todos. No me habla, siempre me mira mal. Lo he oído decirle a su mujer que estoy loca

¿Por qué la más pequeña no es Diamante? Entonces ¿quién narices es Clorinda? No puede ser, Clorinda murió, pobrecilla, tiene que ser Clarice. Pero ¿quién nació después de mí? ¿Diamante?

Con tu padre no se puede ni hablar, es como un perro enfadado

¡Pero cuánto ha crecido Giovanni! Tenía miedo de que fuera bajito como yo

Menos mal que has venido, te ha hablado el ángel al oído

Agradecimientos

A Raffaella Lops, mi ángel maestro.

Gracias a mis padres por haberme obligado a estudiar, no fue fácil. Y por muchas otras cosas.

A Laura Grignoli, que creyó en mi escritura cuando ni siquiera yo creía.

A todos los amigos, conocidos y desconocidos que de algún modo me han ayudado, sobre todo con información, fotografías y otros materiales útiles para el libro.

A Emanuela y Anna Lina Massimi, que han sido el trámite entre el sueño y la realidad.

A Loretta Santini, que una vez más apostó, con el valor y/o inconsciencia requeridos, por una novata escondida en la Italia rural. Gracias por su entusiasmo y por haberlo contagiado a su equipo.

A mi región, al altiplano de Campo Operatore, donde los azafranes anuncian la primavera asomando entre las últimas nieves.

Una precisión necesaria sobre la elección del apellido Viola, muy extendido en los Abruzos y en toda Italia: lo elegí porque es el único que representa una flor, un color y un instrumento musical. La historia aquí contada, imaginaria, no guarda ninguna relación con los Viola pasados o presentes.

Esta primera edición de *Mi madre es un río*,
de Donatella Di Pietrantonio, se terminó de imprimir
en Grafica Veneta S.p.A. di Trebaseleghe (PD)
de Italia en septiembre de 2023.
Para la composición del texto se ha utilizado la
tipografía Celeste diseñada por Chris Burke
en 1994 para la fundición FontFont.

Duomo ediciones es una empresa comprometida con el medio
ambiente. El papel utilizado para la impresión de este libro
procede de bosques gestionados sosteniblemente.

Este libro está impreso con el sol. La energía que ha hecho
posible su impresión procede exclusivamente de paneles
solares. Grafica Veneta es la primera imprenta
en el mundo que no utiliza carbón.